@sumeramithing
satoshi ogawa

スメラミシング

小川哲

河出書房新社

目次

スメラミシング

七十人の翻訳者たち

1　紀元前二六二年

光があった。

次に、私はその光に包まれたような錯覚を得た。何かが失われ、何かが私の中に入ってきた。すべてが一瞬のことだった。

私は気がつくと大灯台の頂上を見ていた。きらめくような光の根源があるような気がした。

夕刻だった。灯台の光が、私が私であることを繋ぎとめている、そんな気がした。

ドン、ドン、ドン。

久々に聞く太鼓だ。私は市場の真ん中で、海岸に向かって立ちすくんでいた。隣では、太鼓に合わせ奴隷たちがリズムよく石臼《いしうす》を碾《ひ》いていた。

ドン、ドン、ドン。

店の前に立った売り子の女性がパンパイプで音楽を奏でていて、店の奥からは歌声が聞こえる。

アレクサンドロス大王をたたえる歌だ。

私は大王を思った。彼の人生は歌のように美しく、そして儚《はかな》かった。二十歳でマケドニア王となり、わずかな期間で地中海からアジアまでの広範な土地を征服し、ある日突然高熱で倒れ、意識を失い、十日のうちに三十二歳の若さで亡くなった。あっという間に死んでしまったせいで、ゆっくり後継者を決める時間もなかった。後継者戦争《ディアドコイ》ののち、アレクサンドロス帝国は三つにわかれた。三つの王朝はそれぞれ、自分たちが正統な後継者だと主張した。

アレクサンドリアは、大王の眠る街
大王が名づけ、その魂を受け継ぐ街

パンパイプを置き、女性が歌に加わる。その先には夕方の空と、天まで届く大灯台がある。頂上のひときわ大きな火桶《ひおけ》では、炎が激しく燃え盛っているのが見える。ファロス島の大灯台は月の次に大きな明かりだと言われている。この光を求めて、都市《ポリス》にはいろいろな者がやってきた。商人、学者、大工、戦士、娼婦、泥棒、芸術家。

そして、私が呼び寄せた七十人の翻訳者たち。

ヘプタスタディオンを渡る。アレクサンドリアとファロス島を繋ぐ大きな突堤だ。かつてファロス島へやってきた翻訳者たちもここを渡った。七十人の翻訳者たちは二人一組、三十五組にわかれ、ヘブライ語の聖書をギリシア語に翻訳する作業を始めていた。

太鼓の音が遠ざかる。私は先ほどの不思議な感覚を思い出しながら、王都アレクサンドリアを背後に臨む。地中海とナイルの地が混ざりあうあたりに陽が沈み、騒々しい夜になる。先ほどの光はなんだったのだろうか。炎のきらめきか、あるいは星が降ってきたのか。灯台に上って確かめてみようと思いたった。

灯台の向こうに広がる星空とその下の地中海を眺めながら、ゆっくりと突堤を歩く。そのまま長い階段道を進み、巨大な建物の中に入っていく。ファロス島の灯台は四角柱と八角柱、そして円柱の三層構造だ。私が二つ目の階層である八角柱まで上るのは一年ぶりだろうか。外国人《バルバロイ》たちの姿がある。変わった服装をした男女が、顔をしかめながら螺旋階段を上っている。牛糞の臭いのせいだろう。頂上へ向かって薪を運ぶ牛たちは、ところかまわず通路に糞を撒《ま》き散らしていく。

鼻をつまみながら頂上を目指す。第一階層の屋上ではパンと葡萄酒《ぶどうしゅ》が売っていて、合わせて一ドラクマもする。高所を恐れ、灯台を上ることを断念した者たちは、ここでパンと葡萄酒を味わいながら、他の者に頂上の景色を聞く。そして灯台から出た彼らは、その話を自分の経験のように話すのである。私は老いた体を引きずって階段を上った。

第二階層を歩く。頂上はもう近い。牛から木材を受けとった奴隷たちが汗を流して階段を上っている。

そして、そのとき……。

私は何か思い出そうとしたが、記憶は爪先からするすると逃げていった。

私は大灯台の展望バルコニーに立った。

誰もいない。ピュアノプシオンの月が黄色く輝いていて、その下で街はまばらに光っている。海沿いのひときわ賑やかな光――あれが王室の食堂だろうか。人々は酒を飲み、音楽を奏で、そして議論をしているのだろう。

私は神に、そして星々に祈った。

どうか私たちを救ってください。いつまで二二九八年間の軟禁が続くというのでしょう。

私はぼんやりと、白い部屋で見た「光」を思い出していた。

ああ、いったい何を祈っているのだろう、と我に返る。

先ほどきらめいていた光が、夜の都市に浮かんでいた。

私はアリアドネの糸を手繰《たぐ》ろうと闇の中に手を伸ばし、小さな光をつかもうとした。指先からこぼれた光が、私の手の甲に投影された。

そこに文字が浮かんでいることに、私は気がついた。

2　二〇三六年

人類は三つの「キゲン」に縛られているという話を学生によくする。すなわち「機嫌」「期限」「起源」である。もちろん私も人類の一員であるゆえに、その重力の軛《くびき》から自由にはなれない。

オックスフォード大学のホールディング教授から連絡が来たのは七月末のことだった。つい先日、東京の学会で話をしたばかりだったので、その件に関する話かと思ったが違うようだった。ざっと読んだ限りでは、「十九世紀末より百四十年間解読の続いているオクシリンコス・パピルスから興味深い私文書が見つかったので、プロジェクトを統括するウィリアム氏を通さずにデータを転送したい」という内容だった。ホールディング教授はとてもご機嫌で、メールの末尾には「この私文書は物語ゲノム解析にも大きな影響を与えるだろう」と書かれており、ホールディング教授は私文書の内容にかなりの自信を持っているようである。

教授がウィリアム氏のことを信用していないのには理由がある。二年前にオクシリンコス・パピルスから「メンフィス日誌」という文書が発見されたのだが、ウィリアム氏はコーンウェル教授と結託して、「メンフィス日誌」に対するネガティヴキャンペーンを始めた。「メンフィス日誌」が（その重要性に反して）未《いま》だに一般公開されていないのはウィリアム氏のせいである。少なくとも、ホールディング教授はそう考えている。

教授によれば、ウィリアム氏が「メンフィス日誌」を闇に葬ったのは、その内容が聖書の起源となる「七十人訳聖書《セプトゥアギンタ》」の正統性に——というかその存在そのものに——疑問符を与える可能性があるからである。ホールディング教授は敬虔なカトリックだが、聖書研究は真実の探求を目的に行われるべきであると考えており、決してキリスト教を正統化するためのものではないと常々主張している。

さて、話を戻そう。件《くだん》のオクシリンコス・パピルスの私文書だが、諸々の許可を得たとのことで、今朝ようやく教授からデータが届いた。オリジナルのコピーデータに未完成のギリシア語翻刻テキストとＡＩによる抄訳が付されている。教授は「翻刻テキストを完成させて、この文書の重要性に関する考察を年内に送ってほしい」という期限を与えてきた。いつもと同じだ。学会の駆け引きに必要なのだろう。おそらく詳細な読解だけで二ヶ月はかかるだろうが、なんとかなると思う。

教授は文書の仮題として「デメトリオスの処刑」というものを提案しているが、悪くない題だろう。抄訳を読む限りでは、まだまだ謎の多い「七十人訳聖書」の成立由来や解釈について、この文書が何らかのピースを埋めるのは間違いなさそうである。

「七十人訳聖書」の物語ゲノム解析は、すでに臨界点に近づきつつある。人類がもっとも多くの回数伝承し、翻訳し、改訂してきた「聖書」という物語の起源への答えが見えつつあるのだ。「デメトリオスの処刑」がその一助になればいいのだが。

3　紀元前二六一年

プトレマイオス王室主催の大饗宴《だいきょうえん》の初日は、マレオティス湖畔で醸造された新しい葡萄酒とともに幕を開けた。

食堂には王室関係者のほかに、学術研究所《ムセイオン》や王室図書館の会員、アレクサンドリアに残ったユダヤ教祭司ヨセフなどの外国人《バルバロス》も含む大勢の列席者が連なり、一年前に七十人のユダヤ人翻訳者を迎えて開催された七日間にわたる大饗宴以来の盛況だった。

王《ファラオ》の側近アルギルスは、デメトリオスの侍従ラプトスに「軟禁中の主人を連れてこい」と命じていた。智者デメトリオスは先代の王と懇意で、「アレクサンドリアに学術研究所と大図書館を設立すべきである」と提案をした人物でもあったが、当代の王とは非常に相性が悪かった。彼は一年前に起こった王の地位を揺るがす「事件」をきっかけに自宅から一切の外出を禁じられていたが、本日だけは王から直々にその禁を解かれて大饗宴に招待されていたのだった。

ラプトスがデメトリオスを伴って入場すると、側近アルギルスが上座で「くじ引き」の開始を宣言した。列席者たちが固唾《かたず》をのむ中、くじに当たったのは王のプトレマイオス二世フィラデルフォスだった。

「王よ！」アルギルスは芝居がかった声で王を呼んだ。「これが神の意志でしょうか。なんと、貴殿がくじに当選しました」

アルギルスがデメトリオスをちらりと見た。食堂の隅に立っていたデメトリオスは一切表情を変えなかった。

王は水割りの葡萄酒を一口飲み、悠然とアルギルスの隣に立った。饗宴の場でくじに当たった者は、列席者に「謎」を提示する決まりだった。その決まりには王であっても例外はない。王はいったい、どんな謎を提示するのだろうか。食堂内の全員が王の発言に注目した。

「汝《なんじ》らは、アレクサンドロス大王の後を継ぐセラピスの民が重大な危機に瀕していることを知っておるだろうか？」

王が問いかけた。

「偽王セレウコスのことでしょうか？」

誰かが言った。

王は「違う」と首を振った。「余が憂慮しているのはそのことではない。むしろ、より根源的な問題である」

「いったい、どのような問題でしょうか？」

アルギルスが聞いた。

王は「神の問題である」と答えた。「汝らは覚えているだろう。一年前、この地アレクサンドリアに七十人の翻訳者がやってきた。彼らはユダヤの大祭司エレアザルより遣わされた長老たちで、聖書をギリシア語に翻訳するのが仕事だった。彼らは三十五組にわかれ、ファロス島の館に用意された三十五室で別々に翻訳作業を進めた。その結果として何が起こったか、汝らはよく知っているはずである」

アルギルスがユダヤ教祭司ヨセフを前に出させた。

「別々に翻訳されたはずの三十五組の聖書が、すべて同じ訳になりました」

ヨセフが胸を張った。

「その通りである」と王は険しい顔をした。「翻訳とは、種類の異なる言語に対して、訳者自身の考えで言語を当てはめていく行為だ。別々の翻訳者が完全に同じ訳文を作るような事態が偶然起こるとは考えられない。このことはつまり、ユダヤの聖書が神の意志を示し、翻訳者たちの訳文を一致させたことを意味する——そう考えるのが自然だろう」

「左様でございます」とヨセフがうなずいた。「神の意志が、三十五組の聖書を同じ訳にさせたのです」

「ところで、ユダヤの神は他の神の存在を認めないと聞くが、それは真か？」

王が聞いた。「その通りでございます」とヨセフが答えた。「我々の神こそが、唯一の神でございます」

王の表情が険しくなった。

「いいか、セラピスの民よ。この事実が、余と汝らに重大な危機を与えているのだ。三十五組の翻訳が同じものになれば、そこに神の意志があるとしか考えられない。しかもその神は、他のあらゆる神の存在を認めないとされている。つまり、我々のセラピス神の存在が危機に瀕している のだ」

「どういうことでしょうか？」

不遜にもアルギルスが聞いた。王は険しい顔を崩さなかった。

「ユダヤの神は、我々の神を否定しているのだ！」

列席者たちが騒然となる中、王は続けた。「いいか、余がアレクサンドロス大王の正統な後継者であるのは、余がセラピス神の一族だからである。だが、もしユダヤの神が存在すれば、セラピス神の――つまり余の存在も否定されることになる。余は偽王なのか？　それとも、この話のどこかが間違っているのか？」

王は不敵に微笑《ほほえ》むと、「これが余の提示する謎だ。この謎を解く者はいないか？」と周囲を見渡した。

沈黙が食堂を包んだ。デメトリオスは目をつむったまま腕を組んでいた。「スフィンクスよりも難しい謎だ」と誰かが囁《ささや》いた。王の話は論理的に一貫していたし、どこが間違っているのかわからなかったが、どこも間違っていないのなら、王が王である理由がなくなってしまうのだ。

二人の人物が問いに答えようと手を挙げた。側近アルギルスと、王室図書館の館長ゼノドトスだった。先に指名されたアルギルスは、ロドス島のイオンという詩人の話をした。

「こんな話があります――詩人であるイオンは着工したロドス島の巨像の大きさに驚嘆し、友人にその素晴らしさを何度も伝えました。繰り返しその話を聞かされた友人は、いっそのこと巨像の素晴らしさを詩にすればいいのではないかと提案しました。そうして、イオンと友人は二人で別々に巨像の詩を作ったのですが、驚くべきことに二人の作った詩はまったく同じものになったと聞きます。イオンは詩が一致した原因について『我々が巨像のイデアに到達し、神に触れた結果だ』と考えましたが、友人は『我々が何度も巨像について話をした結果だ』と反論しました」

王は「ふむ」とうなずいた。

「私はユダヤ教の祭司に対して、この友人と同じように反論することができます。つまり、『七十人の翻訳者たちが、翻訳作業中に自分たちの仕事に関して互いに話をした結果、同じ翻訳が生まれたのではないか』ということです」

アルギルスの答えに対して、すぐにユダヤ祭司ヨセフが「それはあり得ませんな」と反論した。

「なぜなら、翻訳者たちは互いに自分の仕事の話を一切しなかったからです。翻訳者たちを束ねていた大祭司エレアザルは、この神聖な仕事を前にして、我々に『他人の声を聞いてはならない』と命じました。『我々が耳にするのは主の声だけで、我々が目にするのは聖書だけだ』と。翻訳者たちはその教えを守り、食事のときも翻訳の話は一切しませんでした。翻訳者の一員だった私が、主に誓ってそのことを証言します」

アルギルスは「それはどうも失礼いたしました」とあっさり引き下がった。「私の思い違いだったようです」

王は次に館長ゼノドトスを指名した。

「私は今、この地アレクサンドリアに蒐集《しゅうしゅう》された写本をまとめ、ホメロスの詩『イリアス』の編纂《へんさん》をしております。ホメロス学者のティオフィロスも同様に『イリアス』の編纂作業をしておりますが、驚くべきことに私たち二人の『イリアス』はまったく異なる文章になりました――」

驚いた表情をした王が「ティオフィロス、それは本当か？」と聞いた。

ティオフィロスは突然の暴露に慌てながら「本当でございます」と答えた。「『イリアス』にはいくつもの写本があり、各地の吟遊詩人が別々の物語を伝えていました。私とゼノドトスは話し合いの末、その事実を口外しないことに決めていたのです」

再び食堂が騒然とした。『イリアス』には、アレクサンドロス大王に連なる神の系譜が描かれている。その物語はそれぞれの写本で内容が違っていたが、ユダヤの聖書は三十五組の翻訳が一致したのだ。このことが何を意味するのか。

「――まだ話は途中です」

ゼノドトスが言った。王が「続けよ」と命じ、食堂のざわめきがようやく収まった。

「私が言いたいのは、『イリアス』がユダヤの聖書に劣っているという話ではありません。むしろ、その逆なのです」

「どういうことか説明しろ」と王が言った。

「物語において、もっとも重要なものは――つまり物語の核は、なんでしょうか？　文章でしょうか？　私はそうではないと思います。核は、物語が作りだす想念にあるのです。たしかに『イリアス』は写本ごとに、あるいはそれを吟ずる詩人ごとに、細部が大きく異なっています。しかしながら、『イリアス』を読んだ者が、あるいは『イリアス』を聞いた者が想起する物語は、どれも同じなのです。これこそが核ではありませぬか。たとえ表現が異なっていても、我々は同じようにアキレウスの怒りを感じ、パリスの不甲斐なさを感じます。私の答えは『物語の力は、そしてそこに宿る神の崇高さは、文章の一致などとは無縁なのではないか』ということです」

話を聞き終えた王は「汝の話はよくわかった」とうなずいた。「しかしながら、余の謎は解決されていない。『イリアス』に神が宿っているという話も、もしユダヤの神が存在するなら否定されてしまうだろう。汝の話は興味深かったが、余が望むのはユダヤの聖書が示した神の意志を、この場で完全に否定することなのだ」

「それでしたら、王の謎を解き明かす力添えはできません」

ゼノドトスはそう答え、奥へと消えていった。

「誰かほかに、余の謎を解く者はいないか？」

誰も手を挙げなかった。王はそれを確認すると、「実は――」と言った。「――今日この場に、智者デメトリオスを呼んでいる」

列席者たちが、一斉に食堂の隅に佇んでいたデメトリオスを見た。デメトリオスはゆっくりと王のもとへ進んだ。人垣が綺麗に二つにわかれ、デメトリオスの歩く道ができあがった。

「もともと、余に世界中の書物を蒐集すること、そしてヘブライ語の聖書をギリシア語に翻訳することを進言したのは、このデメトリオスである。つまり、セラピスの民に訪れた危機の責任の一端は、デメトリオスにある」

王のそばに立ったデメトリオスは「左様でございます」とうなずいた。「この危機の責任は、すべて私にあります」

「余は、智者デメトリオスに命ずる。汝は今から余の謎を解き、我々の危機を解決するのだ。もし謎を解くことができなければ、余は汝を死刑に処する」

デメトリオスは落ち着き払って「かしこまりました」と王を見た。「ユダヤの教えがどうして一字一句同じものになったのか、これから説明いたしましょう」

もともとヘブライ語の聖書があった。それが紀元前三世紀ごろから古代エジプトの王都アレクサンドリアでギリシア語に翻訳され、「七十人訳聖書」が生まれた。そして「七十人訳聖書」からキリスト教の聖書が生まれた。

「七十人訳聖書」は規模と量を考えれば、世界で最初に翻訳された書物と言ってもいいかもしれない。加えて、翻訳という行為は解釈でもあるから、物語の解釈を行った書物としても重要である。それだけでなく、「新約聖書」という人類史でもっとも読まれた物語に引用された本であるので、物語の起源でもあると言えるかもしれない。

私たちがキリスト教の「起源」について考えるとき、まずいくつかの問いに「答えらしきもの」を出さなければならない。

どうしてヘブライ語の聖書がアレクサンドリアでギリシア語に翻訳されたのか。どうしてキリスト教はヘブライ語のオリジナルではなく、ギリシア語に訳された「七十人訳聖書」を参照したのか。そもそも、ヘブライ語聖書のオリジナルはどういったものだったのか。現在の私たちがヘブライ語の聖書と呼ぶ書物は、「レニングラード写本《コーデックス》」が基になっているが、この書は十一世紀のものである。驚くべきことに、私たちはそれ以前のヘブライ語聖書の全体像がどんなものであったか知らない。

ヘブライ語聖書の全貌がわからないだけでなく、私たちは「七十人訳聖書」の原本も持たない。複数の写本や、「七十人訳聖書」を引用した書物から、その全貌を予想することしかできないのである。

つまり私たちは、歴史上もっともよく知られた物語の起源を知らない。私たちはその断片を手にしているだけにすぎない。

学者たちはこの問いに答えを出そうと、実にさまざまな研究をしてきた。まだ見つかっておらず、もしかしたら永遠に見つからないかもしれない文書の原文を予想するために、無数の文書を解読してきたのである。それらを解釈し、統合し、地道に一つずつ穴を埋めることで、失われてしまった物語を再現しようと努力してきた。

今回解読されたオクシリンコス・パピルスの私文書「デメトリオスの処刑」も、「七十人訳聖書」の周辺に位置する無数の文書のうちの一つである。

この文書の主人公であるデメトリオスとは、おそらくファレロンのデメトリオスのことである。「七十人訳聖書」の価値を主張する偽典「アリステアスの書簡」によれば、デメトリオスはプトレマイオス王の「世界中の書物を所有する」という野望を満たすために、王室図書館に二十万冊の書物を蒐集した。ユダヤ教の教えをコレクションに加えることを思いついたデメトリオスは王にその提案を認めてもらい、エルサレムの大祭司に依頼して、十二部族から各六人、計七十二人の翻訳者をアレクサンドリアに招待した。

彼らが到着すると、王は盛大な祝宴を開き、その席で統治に関するいくつかの質問を翻訳者たちに投げかけ、彼らの聡明な答えに感嘆した。祝宴が終わると、翻訳者たちはファロス島の別邸に招かれ、ユダヤの教えをギリシア語に翻訳する仕事に取りかかった。七十二人の翻訳者たちは、その仕事を七十二日で終えた。

七十二人で七十二日。

七十二という数字の繰り返しに聖性があると考えた王は、聖書に存在する奇跡を認め、翻訳者たちに贈り物を与えてエルサレムに帰した。

「デメトリオスの処刑」には、翻訳者たちがやってきてから一年後の出来事が語られているようである。デメトリオスとの関係が悪化していた王は、彼を自宅に軟禁してしまう。饗宴の場で軟禁を解いた王がデメトリオスに難題を課す。曰《いわ》く「汝の導きによって、図らずもユダヤの神の存在を認めてしまった。そのせいで、神々の末裔《まつえい》であるという王家の威厳が失われてしまうかもしれない。この場でユダヤの神の存在を反証できなければ、汝を処刑する」

「七十人訳聖書」が聖典化した背景に「アリステアスの書簡」の存在が大きく関与したことは明らかだ。この書簡がさまざまな神学者に引用されたことで、「七十人訳聖書」が正統な翻訳であるという意見が広がっていったのである。現代では「アリステアスの書簡」が創作であることが判明しているが、当時の神学者たちにとっては重要な資料だった。

興味深いのは、「デメトリオスの処刑」において、翻訳者の数が七十人に減っている点である。

聖書の伝えるユダヤ十二部族と七十二人の翻訳者、そして七十二日間という数字の一致にユダヤの神の聖性を説く「アリステアスの書簡」の見立ては、「デメトリオスの処刑」において採用されていない。それよりもむしろ、ユダヤ学者ヨセフスの取った「七十」という聖なる数字に重きを置く路線に沿ったのだろう（主がモーセに「人を集めろ」と指示するとき、なぜかいつも「七十人集めろ」と言う。それほど「七十」は神聖なのである）。

5　紀元前二六一年

「王よ、どうか私の不躾《ぶしつけ》な質問をお許しください」

王の前でデメトリオスが膝をついた。王は「続けろ」という合図を示した。デメトリオスは王をじっと見据えて言った。

「そもそも、どうしてユダヤの教えがギリシア語に翻訳されることになったのか、ご存じでしょうか？」

王は「無論知っておる」と高笑いをした。「余は汝に、『王室図書館に世界中の本を集めろ』と命を下した。汝はすぐに二十万冊を集め、さらに七年以内にその数を五十万に増やすと言った。そのとき汝はユダヤの教えを蔵書に加えることを提案し、余がそれを認めた。そして、翻訳者たちがやってきた」

「その通りでございます」とデメトリオスは答えた。「ですが、ここで小さな矛盾が発生します。私は七年間で差し引き三十万冊の本を集めると言ったわけです。自らの不徳により軟禁の身ではございましたが、その計画は現在も順調に進んでおります。ここで忘れてはならないのは、ユダヤの教えなど、わずかな数の書物にすぎないということです。遠方から翻訳者たちを呼び、盛大な宴とともに彼らを迎え入れても、王室図書館の書物はほとんど増えませぬ。図書館の書物を増やすという計画と、翻訳者たちの来訪は、実はそれほど強い繋がりがあるわけではないのです」

「汝は何が言いたいのだ？　余が間違っているとでも？」

王が険しい顔をして饗宴の場が凍りついた。近衛兵《このえへい》が槍を握りしめる音がした。隣にいたアルギルスが葡萄酒を飲むのを中断し、祭司ヨセフは目を覆った。

静寂だった。誰もが葡萄酒の朱の向こうに、食堂の床を赤く染めるデメトリオスの血を想像していた。

「もちろん、そのようなことなどありませぬ」とデメトリオスが沈黙を破った。「間違っていたのは王ではなく、むしろ私でございます。私は蔵書を増やすという話に紛れさせて、王を欺《あざむ》いたのでございます」

「余を欺けば、それだけで処刑に値する」

王が宣言した。近衛兵がデメトリオスの前に立ち、訓練された速さで槍を構えた。

「お待ちください」とデメトリオスが言った。「私を処刑するのは構いません。今さら命など惜しくはありませぬ。ですが、私にはユダヤの神に関する申し開きをする義務があります。この安い命を奪うのは、その義務を終えてからにしてくださいませ」

王は目の前に立った老人の今にも消えてしまいそうな命を消してしまうことに躊躇した。しばらく思案し、「下がれ」と近衛兵に命を下した。

「続けろ」

王の言葉にデメトリオスは一礼した。

「実を言うと、私はこの饗宴の場にいるユダヤ祭司のヨセフから、五つの身廊《しんろう》を持つシナゴーグに呼ばれ、ある依頼を受けておりました。その依頼こそが、ユダヤの教えを我々の言語であるギリシア語に翻訳するというものだったのです」

王が「本当か?」とヨセフに聞いた。「余に嘘は通用せぬ。余を欺けば死罪である」

「本当でございます」と狼狽《ろうばい》しながらヨセフがうなずいた。「デメトリオスに依頼をしたのは私です」

「蔵書を増やすために必要だとデメトリオスに言われ、余は翻訳を認めた。だが、実際にそのデメトリオスに依頼をしていたのは汝だったと言う。では汝はなぜデメトリオスに依頼を出したのだ？」

ヨセフが「それは――」と口にする。「――わけあってのことです。私たちユダヤの民は、預言者モーセの時代にエジプトを出て以来、常に放浪を強いられてきました。聖地であるカナンの地は今もなお偽王セレウコスとの戦場であり、多くの民がアレクサンドリアへ逃げてきております。問題は、戦争が長引いたゆえ、離散《ディアスポラ》した者たちが、カナンの地を知らぬということです。そればかりでなく、ヘブライ語を知らぬ信徒も数多くいます。彼らのために、ギリシア語の聖書が必要になったのです」

「そのためにデメトリオスと結託して余を欺いたというのか？」

ヨセフは青ざめた表情で「そんなつもりはございません」と首を振った。「私はデメトリオスに、『翻訳が必要だ』という話をしただけでございます」

デメトリオスが「ヨセフは真実を話しています」と言った。「ですが、彼が話しているのは真実の光が当たる一部なのです。真実には日陰も存在します」

「汝はその日陰を知っているのか？」と王が聞く。

「左様でございます」とデメトリオスがうなずく。「そして、王も日陰についてよくご存じなはずです」

「説明しろ」

「バビロニアの神官ベーローソスが偽王セレウコスに献上した『バビロニア史《タ・バビュロニアカ》』という本がご

ざいます。王室図書館にその写本がございましたが、王の命で焼き払いました」

「そうだ」

「その本は大洪水からアレクサンドロス大王の死までを扱う歴史書ですが、誤りが多く、到底真なる書物だと認めることはできませんでした。その代わりに王室図書館には、ヘーリオの神官マネトンが王に献上した『エジプト史《タ・アイギュプティアカ》』が収められております」

「その通りである」と王がうなずいた。「『エジプト史』は、神々から王家へと続く血脈を正統に記した唯一の歴史書である」

「私にも異論はございませぬ。ですがここで重要なのは、ある民族の正統性とその価値を示すのが、歴史書に他ならぬという事実です」

「どういうことだ？」

王の質問を受けたデメトリオスの口元が仄《ほの》かに緩んだ。

「偽王が作りあげた偽の歴史を打ち破り、我々が神々の末裔であることを示すために『エジプト史』が編まれました。同様に、ユダヤの民は自らの価値を示すため、彼らの歴史書を必要としたのです。そしてそれこそが『聖書』なのです。彼らはこの地アレクサンドリアで、あるいは偽王セレウコスの地アンティオキアで、我々セラピスの民に対抗し、ユダヤの民こそが正統で神に認められた価値があると示すために、『聖書』の翻訳を必要としたのです。ヘブライ語の『聖書』では意味がありません。歴史の正統性を認めるプトレマイオス王や神官が、読むことができないからです。ゆえに、ギリシア語の『聖書』がなければならなかったのです」

6　二〇三六年

「デメトリオスの処刑」の著者はデメトリオスの侍従ラプトスだとされているが、それはないだろう。まず、古代ギリシアにおいて「聖書」はまだ聖書ではない。ユダヤの教えを記した文書に聖性が付与されるのはキリスト教が誕生してからのことであり、それまでは聖なる文書《ヒエロイ・ビブロイ》にすぎなかった。紀元前の文書としては、ふさわしくない語句も散見される。つまりこの文書は、紀元前に書かれたものの写本を装いながら、実際には紀元後に書かれた偽書である、ということがわかる。

「デメトリオスの処刑」は、おそらく三世紀ごろに書かれたものである。抄訳を読む限りでは、二世紀後半のキリスト教知識人エイレナイオスの解釈を参照しているだろうと思われるので、時系列的に辻褄《つじつま》は合う。

だがもちろん、偽書には偽書の価値があり、重要な偽書は正典と歴史を結ぶ鍵になることもある。

物語ゲノム解析に寄せて言えば、その偽書がなぜ生みだされたのか、そしてその物語がなぜ残ったのか、という点が重要になる。偽書が生みだされるのは、その偽書が誰かに必要とされたからだ。必要とする人の数が多ければ偽書は拡散し、さらには正典として扱われる。

たとえば、「七十二人の翻訳者たち」に最初に言及した「アリステアスの書簡」はなぜ生みだされたのか――それは、デメトリオスが説明している通り、各地に離散したユダヤ人がその地の主流民族を前にして、自らの正統性を主張しなければならなかったからである。翻訳された聖書だけでは、ユダヤ人たちは各地の王や神官、知識人を説得できなかった。その聖書がどのように生みだされたのか、その奇跡的な物語を捏造《ねつぞう》することによって、彼らは自分たちの教えが正統であり、自分たちが優れていると主張したのである。

「七十二人の翻訳者たち」など存在しなかったと考えるのが定説だ。おそらくヘブライ語の聖書は、何人かの翻訳者によって、断続的にギリシア語に翻訳されていったにすぎないだろう。完成した写本を前にしたユダヤ人は、その写本が生まれた過程をひとつの伝説にしたのだ。

では「アリステアスの書簡」はなぜ残ったのか。人々に語られ、引用され、写され、書物になったのか――それは、キリスト教が「七十人訳聖書」を旧約聖書の原本としたからである。キリスト教の福音書はギリシア語を共通語とするローマで広まっていった。そのために、聖書はギリシア語で書かれていなければならなかった。ギリシア語の聖書を引用するにあたって、キリスト教は「七十二人の翻訳者たち」の物語を利用した。自分たちはヘブライ語聖書のオリジナルを使用していないが、それは問題ではない。なぜならギリシア語の聖書の誕生には神聖な物語があり、その翻訳は正統なものだからである。

だが、ポイントは「アリステアスの書簡」に描かれた七十二人の翻訳者たちの話に、いくつかの瑕疵《かし》があったことである。

大きな瑕疵は、翻訳された聖書の正統性を「七十二人の翻訳者たちが七十二日間で翻訳を終えた」という数字の一致に見ている点である。七十二という数字は、ユダヤ十二部族の倍数からとったものだろうが、そもそもユダヤ十二部族とは伝承上のもので実体はない。それに、たとえ数字が一致したとしても、その話のどこに神聖さがあるのかわからない。偶然にしてはできすぎている割に、事実だとしてもテクストの重要性が上がるわけではない。

この問題を受けて、一世紀のユダヤ学者フィロンは著書『モーセの生涯』において、「七十二人の翻訳者たち」の話を改変した。フィロンの改変は「アリステアスの書簡」の弱点を補うものである。フィロンは「図書館に入れるため」だった翻訳の目的を「ギリシア人にユダヤの知識を与えるため」に改変し、「七十二」という数字を削除した。そしてギリシア語聖書の正統性を「七十二」という数字の一致ではなく、「翻訳の一致」に求めるという大きな転換を行った。これ以降の聖書翻訳逸話では、フィロンの方向性が優勢になる。

さらに、ユダヤ学者ヨセフスはこの伝説における翻訳者の数を七十人に減らした。また、「アリステアスの書簡」に出てくる一部の場所や時期を抽象化し、矛盾や誤りがわかりづらいように訂正した（ヨセフスはモーセ五書《トーラー》の登場人物にすぎなかったモーセを書き手に昇格させるという修正を加えたことでも有名だ)。

その修正も捏造だ。複数人の翻訳が完全に一致することなどあり得ない。現代ならともかく、辞書も翻訳理論も存在しない古代ギリシアの時代に、一人一人の人間が語彙をひねりだして作りあげた翻訳が一致するためには、奇跡を前提としなければならない。そして、奇跡を前提として歴史を紐解くことはできない。

さて、「そもそも『デメトリオスの処刑』がなぜ生まれたのか」という問いに、仮説を立てる材料が揃ってきただろう。

各地に離散した古代ギリシアのユダヤ人は、翻訳された聖書の正統性を示さなければならず、「アリステアスの書簡」という物語を作った。だが「書簡」には瑕疵が多く、それをフィロンとヨセフスが補完した。

「デメトリオスの処刑」はこうした流れを受け、その欠点を補いつつ、長所を生かす形で作られたのではないか。この先の難解箇所の読解は、この仮説を軸にして行うつもりである。

7　紀元前二六一年

王は怒りの表情を浮かべていた。デメトリオスが王を担いだこと。その依頼主のヨセフが野心と目的を持っていたこと。それらの事実を自分で見抜けず、デメトリオスから伝えられたこと。

「今の話は本当か?」

王は肩を震わせながらヨセフに聞いた。

「そんなことはありません」とヨセフは否定した。「我々はもちろん自分たちが正統な民族であるという誇りを持っていますが、王とその臣民たちに対抗しようなどという胡乱《うろん》な意図は一切ありませぬ」

「ヨセフはこう言っているが、汝は二度までも余を欺こうというのか?」

王がデメトリオスに言った。デメトリオスは「とんでもないことです」と芝居じみた様子で否定した。「ただ、ヨセフにも左様な意図が明確にあったわけではないかもしれませぬ。意図というものには、多かれ少なかれ、精神の陰となっている無自覚な部分があるものです」

「そんな陰などありませぬ」

ヨセフが言う。「デメトリオスは自らの処刑を避けるために、矛先を変えようと必死なのです」

「何度でも言いますが、私は命など惜しくありません。今すぐ処刑されたとしても構いませぬ。私は偉大なる王の命で、真実を明らかにしようとしているだけなのです。それに、私にはヨセフの精神の陰を示す証拠があります」

自信たっぷりのデメトリオスを「今ここで証拠を見せろ」と王が睨《にら》む。

「わかりました」とデメトリオスがうなずき、侍従ラプトスに視線を送る。侍従ラプトスが一冊の書物をデメトリオスに手渡す。

「これは王立図書館に所蔵されているギリシア語の聖書をまとめた写本です。一年前に七十人の翻訳者たちが王に献上した書物でございます。ヨセフの、そして翻訳を行った者たちの精神の陰の証拠は、すべてこの本の中にあります」

「お前は我々の聖典を貶《けな》すというのか？」とヨセフが詰め寄る。

「まずはこやつの話を聞け」

興奮したヨセフを王がたしなめる。デメトリオスは恭《うやうや》しくお辞儀をし、ギリシア語の聖書の「創世記」を開く。

「王の御前でユダヤ祭司ヨセフに問います。ユダヤの教えにおいて、太祖であるアダムが息子をもうけたのは彼が何歳のときですか？」

ヨセフが「それは……」とたじろぐ。それを見た王が「答えろ」と命令する。

「百三十歳のときです」と小さな声でヨセフが答える。

「ギリシア語訳では、アダムは二百三十歳のときに息子をもうけたことになっています」

デメトリオスが聖書を開き、仰々しく饗宴の参列者たちに向けてから王に手渡した。

王は該当する行を読み「本当である」とつぶやいた。

「先ほどのヨセフの言葉とギリシア語の聖書を比べると、翻訳の過程でアダムが百歳も老いたことになります。登場人物の年齢の変化はこの部分だけではありません。創世記において、このような年齢の嵩増《かさま》しが細かく行われており、十代目の人物であるノアまで合計すると、原典と訳書との差はなんと五百年以上になります」

「どういうことだ？」と王が聞く。

「ヨセフたちは意図的に数字を増やしたのです」

「翻訳者たちが嘘をついたということなのか？」

「これが嘘なのかどうかは、判断を保留しなければなりません。ですが、この周到な嵩増しから、私たちは二つの論点を導くことができるでしょう。第一に、翻訳者たちの翻訳だけでなく、年月の嵩増しまでもが一致することはあり得るのだろうか、という点でございます。そして第二に、どうして翻訳者たちは嵩増しをしたのだろうか、という点でございます。第一の論点については、最終的な私の結論が答えになると思われるので、ここでは触れません」

「では、『第二の論点』の説明をしてもらおう」と王が聞く。先ほどまでの険しい表情が和らぎ、笑みすら浮かべている。

「答えは明快です。ユダヤ人たちは、自分たちの歴史の古さを示さなければならなかったからなのです」

「どういうことか説明しろ」

王がデメトリオスを促す。

「民族の正統性は、二つの基準から判定されます――『物語の正しさ』と『歴史の古さ』です。聖書のギリシア語訳は、成立の経緯からしても、この二つの基準を満たさなければなりませんでした。『エジプト史』に書かれたセラピスの民の歴史の古さに対抗するために、翻訳者たちは創世記の歴史を改変して、ユダヤ民族の歴史を水増ししたのです」

「そんなつもりはありませぬ」とヨセフが弁明する。「我々は誠実に、ヘブライ語をギリシア語に翻訳しただけでございます」

「ではなぜアダムに余計な百年を与えたのか？　それこそ、汝らが結託して歴史の嵩増しを行った証左ではないのか？」

王の詰問に、ヨセフは答えることができなかった。王はさらに追い討ちをかける。

「汝が主張したように、七十人の翻訳がすべて一致したのだとしたら、七十人全員が同じような意図を持って、同じような嵩増しをしたことになる。もしそこに邪悪な意図がなかったのであれば、七十人全員がヘブライ語の聖書を理解しておらず、同じ間違いを犯したことになる。どちらにせよ、汝らは余を欺いたのではないか？」

ヨセフは黙って下を向いたままだった。

饗宴の場を重々しい沈黙が満たした。

側近アルギルスが慌ただしく席を離れた。近衛兵が槍を握り、参列者たちの目は王とヨセフに釘付けになっていた。ヨセフが処刑されるのは時間の問題に思えた。

「そもそも、ヘブライ語の聖書など存在しなかったのです」

沈黙を破ったのはデメトリオスだった。「もっと言えば、七十人の翻訳者たちも、彼らの翻訳作業も、一切存在しませんでした。唯一存在したのは、すでに翻訳されたギリシア語の聖書だけだったのです」

8　二〇三六年

長らく聖書の研究をしてきたが、私は無神論者である。同業者の大半はキリスト教徒だが、ほとんどの者は「信仰」と「解析」を切りわけており、「信仰」を「解析」に優先させるウィリアム氏のような立場は例外的だろう。

聖書を含むすべての物語には「ゲノム」があり、「適応と淘汰」がある。物語は「突然変異」を繰り返し、いくつかの個体が存続し、後代に残されていく。たとえば私の国では、『源氏物語』がさまざまな物語の親となり、そうやって産み落とされた物語が別の物語を産んだ。すべての物語には過去に存在した物語の「ゲノム」が残されている。

物語の「ゲノム」が生物と異なるのは、「突然変異」に理由があることだ。物語ゲノム解析学では、とりわけ「物語がなぜ生まれたのか」という外的要因が重要だとされている。たとえば、プトレマイオス朝はセラピスという神を信仰していた。セラピスの神話を完成させたのは神官マネトンである。プトレマイオス朝はギリシア人の国家だったが、そこに住んでいたのはエジプト人だった。マネトンは統治政策のため、エジプト人たちの信仰する神々をギリシアの神々に習合することを考えた。死者の神オシリスと聖牛アピスが同一であるという説を採用し、セラピス神として信仰することを推奨したのだ。

今度はマネトンが作りだした神の実在を支えるために、実に多くの物語が生みだされた。王の夢枕に神が立った話が生みだされたり、酒神ディオニソスとの習合が計られたり、実はそれらは誤りであり、本当はもともと漁村のラコティスで信仰されていた神だったという話が生みだされたりした。

それらの物語は、セラピス神話という直系を支える傍系である。ときには傍系から逆輸入された設定が直系に生かされ、その改変によって廃れてしまう傍系が生じたりした。

物語は単独で生みだされるわけではない。いくつかの先行する物語の「ゲノム」を受け継ぎ、社会と個人のダイナミズムがそこに改変を加えていく。

物語ゲノム解析学において、すべての作話には「内容」のゲノムと「形式」のゲノムが存在する。「内容」とは料理における食材のことで、そこで何が起こっているかが問題になる。それに対し「形式」は調理法のことで、起こったことをどのようにして語るかが問題になる。

「内容」は、その「親」となる物語と無関係に、個人の記憶や経験が頼りになることが多く、通時的に無数の作品が緩く連関しあっている。それに対して「形式」はより多くの部分を「親」から受け継いでおり、時代ごとに同種の「形式」が採用されていることが多い。

従来の物語論は複数の作品から物語を抽象化、分析する学問であったが、物語ゲノム解析においてはそのような手法は取られず、同種の物語が再話されていく過程を比較検討することで、その「内容」と「形式」の遺伝関係を分析する。遺伝関係がわかれば、何が直系で何が傍系かが判明し、正典と偽典も明らかになる。

物語ゲノム解析の軸は聖書である。これまでの歴史でもっとも語られた物語だからだ。ヘブライ語版にしろ、ギリシア語版にしろ、聖書のオリジナル・テクストは二重の意味で存在しない。第一に、私たちが原本を手にしていないこと。もしかしたらどこかの地中に埋まっているのかもしれないが、少なくとも現在に至るまで発見されていない。第二に、仮に私たちが原本を手にしたところで、それが原本であると断定することができないこと。

だが、物語ゲノム解析を行えば、幾度となく再話されてきた聖書が元来どのような話であったか判明するかもしれない。直系と傍系、正典と外典、偽典に偽書、学者たちの議論。それらがどのように発展していったのかをつぶさに分析すれば、中心部に位置するパズルの空白を埋めることができるのである。そして「七十人訳聖書」のオリジナル・テクストを演算するためのゲノム情報は、臨界点付近まで集まってきている。

物語はいくつも作られ、統合され、直系が生まれる。傍系がそれを支え、直系に影響を与える。細かな修正を繰り返しながら、より強度のある物語が再話されていく。「七十人訳聖書」に関しては、オリジナルが空白になっているだけで、それ以外の傍系や子孫が数多く残されている。ある一定以上の子孫と傍系が集まればゲノムの解析が完了し、オリジナルの姿が明らかになるのである。

私は「デメトリオスの処刑」を読解しながら、ある確信を抱きつつあった。

これは紛れもなく偽書である。だが、この偽書はかならず、物語における重要な何かを明らかにするだろう。

解析システムのあるオックスフォード大学ホールディング教授の研究室にアクセスし、「七十人訳聖書」解析の進捗パラメーターを見る。

解析システムは「ＶＯＮ関数」のパラメーター解明を求めている。「ＶＯＮ《ベロシティ・オブ・ナラティヴ》」。つまり「語りの速度」のことである。物語内の各シークエンスで進行する時間を、物語が読まれる物理時間で割ったものだ。「七十人訳聖書」において、その変数が大幅に変化している。そしてその外的要因が明らかになれば解析の完了が近づく。

ホールディング教授から指定された期限が近づきつつあったが、私はもはや気にしてなどいなかった。そんな瑣末《さまつ》なこととは無関係な真理に到達しつつあったのだ。

「デメトリオスの処刑」には、智者デメトリオスの声を借りて、「ＶＯＮ関数」の変化に対する答えが記されていた。

9　紀元前二六一年

王を前にして私は確信する。

ユダヤの神は存在したのだ。いや、もしかすると、神とは彼らが信仰する主ではなく、二二九八年の歴史を繰り返させる時間の循環そのものなのかもしれない。

汝は何を言っているのだ、と王が言う。

真実です、と私は答える。いまや真実に陰はありませぬ。神の手によって、真実すべてに光が当てられました、と。

ヘブライ語の聖書も、七十人の翻訳者も、存在していなかったのと同義である。歴史が必要としたゆえに生みだされた架空の物語にすぎない。その物語の中では、私を軟禁した暴君である王は「ユダヤ人たちに理解を示した聖人君主」として描かれ、翻訳事業はバビロンに捕囚される前の失われた原典が再臨した奇跡として描かれるだろう。そしてこの私も、それらの架空の物語の、その傍系の中に点在した登場人物の一人になるだろう。

もちろん私は私として、この場所に存在している。だが、この私も二二九八年にわたって再話されていく過程で変容し、この私とは別個のデメトリオスとして語り継がれていく。その別個のデメトリオスは、私が手にした光の一部となって、また歴史が繰り返されるのだ。

一年前、翻訳者たちがファロス島で翻訳の作業を進めていたある日、私は大灯台の頂上に不思議な光を見ました——そう語ると、王が興味深そうにこちらを見た。その瞳の奥に、妙なことを口にすれば命を奪うぞ、という強い意志が感じられた。

私は私になるような、別の言い方をすると、それまで私であったものが消えるような感覚を得ました。いえ、抽象的な話はやめましょう。私は灯台に上り、光の正体を見ました。その光とは、ギリシア語に翻訳された聖書の完成版だったのです。

どういうことだ、と王が聞く。

そもそも七十人の翻訳者たちはエルサレムを知りません。そればかりか、ヘブライ語を解しません。ヨセフに聞いてみるといいでしょう。彼は否定できないはずです。翻訳者たちが献上した聖書にはいちいち指摘してはキリがないほどの数多くの誤りがありますし、誤りにすら至らない創作された出鱈目《でたらめ》に溢れています。イザヤ書やエレミヤ書などは、ほとんど創作と言っていいほど、ユダヤの教えを無視しています。

彼らは翻訳者などではありませんでした。ユダヤ人がアレクサンドリアで生き延びるため、離散した者たちの正統性を示す書物を作るように遣わされた者たちにすぎなかったのです。彼らはヘブライ語の原本など持たずにやってきました。そんなものは必要なかったのです。

しかし問題は、彼らがエルサレムを知らなかったことではないのです。彼らも私と同様、あの灯台の光を見たのです。彼らは灯台の光を書き写し、それを王に献上しました。

私の言っていることがわかりますか。偽の翻訳者たちは、翻訳などしなかったのです。つまりギリシア語訳の聖書にある数多くの間違いも、彼らが犯したものではありません。

では、誰が犯した間違いなのだ。

歴史が犯した間違いなのです。人々はそれが本物だと信じ、信じた心を裏切らぬため、さまざまに書き連ねた歴史が作りだしたのです。そして神の怒りか、あるいは奇跡か、二二九八年の時を経て歴史が作りだしたギリシア語の聖書が、ファロス島に光となって顕現したのです。王よ、翻訳者たちの主張する聖性は虚妄にすぎませぬ。私はそのことを証明いたしました。ですが、ユダヤの神はいるかもしれませぬ。いや、もしかしたらそれは、ユダヤの神ではないのかもしれませぬ。神は、私たちが考えている以上の力を持っております。虚妄が作りだした虚妄が真となるその瞬間まで、私たちは物語の中に囚《とら》われていたのです。

汝が何を言っておるのか、余にはわからぬ。

わかっていただけなくても構わないのです。私の精神は今、神への畏怖で満たされております。王よ、どうか私を処刑してください。私はこれ以上耐えられません。

側近のアルギルスが頭を抱えている。近衛兵が王の顔を見る。王はどうすべきかわからず、困惑した表情を浮かべている。食堂から逃げだそうとしたヨセフが従者に捕まり、王はヨセフの処刑を指示する。

私はこの歴史を何度繰り返したのだろうか。

もう耐えられない。膝から崩れ落ちた私を、侍従ラプトスが支える。

かならずこのことを記します。耳元でラプトスがそう口にする。真実を書物に残します。

物語にした途端、真実は雲散霧消するのです、と私は答える。実際の出来事とは、無数の無意味な現実で成り立っています。物語において、それらは恣意的に取捨選択され、誰かが登場人物になり、誰かが存在を消されます。そうすることで無意味で豊潤な現実を、意味ある虚構に組み換えてしまうのです。いいですか、私たちが出来事を語ろうとするとき、真実は消えてしまうのです。

真実とはなんですか、とラプトスが聞く。

それが明らかになるまで、私たちは二二九八年の循環を続けるでしょう。

近くでヨセフの断末魔が聞こえる。王が何かを指示し、近衛兵がヨセフの血に濡れた槍をこちらに向ける。

窓の外にピュアノプシオンの月が見える。

私は月よりも遠い場所を思う。

10　二〇三六年

私はこのオクシリンコス・パピルスが聖書学だけでなく、物語ゲノム解析学にとっても非常に重要な文書であることを付記し、注釈をつけた「デメトリオスの処刑」のギリシア語テクストをホールディング教授に送った。ホールディング教授は物語ゲノム解析に回すことを提案し、私はそうすべきであると返事を出した。

「デメトリオスの処刑」は物語ゲノム解析において重要な役割を果たすだろう。現時点で私たちの手に「七十人訳聖書」の原本はないが、解析の完了までは遠くなかった。長年の間、研究者たちが部分的な写本や、引用された書物、関連文献、外典、偽典の解析から追い求めていた「七十人訳聖書」のオリジナルがどのようなものだったか、もうすぐ判明するかもしれない。

学会のために渡英する予定を二日繰り上げて、私はオックスフォードにあるホールディング教授の研究室へ向かった。解析を行う量子コンピュータがどのような結論を出すのか、現場で確認してみたかったというのもあるし、もし何らかのエラーが出たときに自分の手で対応したかったというのもある。数百年の歴史のある石造りの建物が建ち並ぶ中、ひときわ目立つ新築のビルの三階にホールディング教授の研究室があり、その上階に量子コンピュータが置かれている。物語ゲノム解析はカレッジに所属する四十人の教授全員が利用できるそうだが、実際に動かしているのはホールディング教授を含む数名だけだという。

研究室に着くと、ホールディング教授は世間話もせず、すぐに量子コンピュータの置かれている上階へと案内してくれた。聖書学の研究者の中ではいち早く物語ゲノム解析に注目してきた自負はあるが、実際に量子コンピュータの置かれている情報センターを訪れるのはこれが初めてである。

情報センターは四階と五階が吹き抜けになっており、全体の約三分の二が並列処理を行うコンピュータとサーバーの部屋である。隣接した演算室の中央には巨大なホログラムディスプレイが置かれている。完成したばかりの施設で、真新しい壁が白く眩しい。演算室では七人の職員と研究員が画面上の複雑な数値を操作しており、ホールディング教授はそのうちの一人である若い女性を私に紹介した。彼女が「デメトリオスの処刑」の解析処理を行っているそうである。

彼女は「ちょうどVON関数の解析結果が出ましたが、ご覧になりますか?」と言った。

「見せてほしい」

私とホールディング教授の声が重なった。彼女がコンピュータを操作すると、目の前に突然ホログラムが現れた。そこには解析の結果が表示されている。じっくりと読んでいくと、「七十人訳聖書」とヘブライ語聖書とのゲノム一致率の項目が〇パーセントだった。

驚くべき事実だ。「七十人訳聖書」は、ヘブライ語聖書と「血縁関係」になかった。その事実は、「七十人訳聖書」の親が「七十人訳聖書」そのものである可能性を示唆している。このままでは、「七十人訳聖書」が聖書の歴史とは無関係に、ある日突然現れたということになってしまう。しかし普通に考えて、そんなことはあり得ない。

ホールディング教授はエラーであると主張し、これまで発掘された外典、偽典を含む関連書物の全データ解析を一から再実行することを提案した。女性が「わかりました」とうなずき、いくつかの操作を行うと、解析に七十二日間かかるという予測が出た。

「この量子コンピュータの中には、七十二人の翻訳者たちがいるに違いない」

ホールディング教授がそう言って、笑った。

「ですが、七十二人にしろ、七十人にしろ、翻訳者たちはいなかったのです。『デメトリオスの処刑』によれば、彼らは『光』を書き写したにすぎません」

「『光』ね」とホールディング教授が笑う。「聖書に出てくる『光』にかけたのだろう。しかしながら、フィクションにしてはよくできた話だ。デメトリオスの論駁《ろんばく》自体が、聖書学に対するある種の批判になっている」

「よくできすぎていますよ」と私は言う。何かを続けて言おうとしたが、言葉は宙に消えた。

「ともかく非常に変わった書物であることは間違いありません」

どれだけ傍系の物語が支えようと試みたところで、「七十人訳聖書」が間違いだらけであることに変わりはない。とりわけ年月の嵩増しに関する指摘はアウグスティヌスの時代にも存在していた。アウグスティヌスはこの難問《アポリア》に対して「神の奇跡が翻訳をさせた以上、誤訳ではなく、より深い預言的意味が存在しているだけだ」と応じた。

しかし、より深い預言的意味とはなんだろうか。「デメトリオスの処刑」は、アウグスティヌスに先駆けて、より説得力のある答えを出しているように思う。

まるで、アウグスティヌスの議論をすでに知っていたかのように。

「デメトリオスの処刑」の主張を考察すると、興味深い仮説を導くことができるかもしれない。「七十人訳聖書」はその正統性を獲得するために複雑な物語の生態系を作りだし、その生態系が作りだしたテクストこそ「七十人訳聖書」である、というアクロバティックなものだ。

実は、この解釈は物語ゲノム解析の結果と矛盾しない。現代の私たちが必死になってさまざまな断片を繋ぎ合わせ、ゲノム解析を繰り返した結果、ようやく辿り着きつつあった「七十人訳聖書」そのものが、二千年以上前のアレクサンドリアで「光」となって顕現し、そのテキストをヘブライ語すら知らない偽翻訳者たちがカンニングした、という物語上の結論は、「七十人訳聖書」そのものが「七十人訳聖書」の親であるというゲノム解析の結果と一致している。

だが、そのためにはテクストが時空を超えるという奇跡が必要になってしまう。そして、奇跡を前提として歴史を紐解くことはできない。

「VON関数の解析完了により、親番号一〇二八七三が臨界点に達しています。先ほども言った通り、ゲノムの一致率が〇という結果になってしまっていますが、一応完成データの出力は可能です。どうしますか？」

女性が私たちにそう聞いてきた。

「臨界点に達した？」とホールディング教授が聞く。

「ええ」

「とりあえず、全データ解析をやり直して七十二日間待つ前に、念のため出力してみましょう」と私は進言した。デメトリオスの出したアクロバティックな結論のことが気がかりだった。あの結論が正しければ、もしかすると……。

「そうしよう」とホールディング教授がうなずく。「それが間違っていようと、正しかろうと、どちらにせよ七十二日間を退屈に過ごさなくてすむ」

女性が出力を開始する。出力の進行とともに、ホログラムディスプレイにオリジナルの聖書が表示されていく。

「デメトリオスの処刑」において、七十人の翻訳者たちがアレクサンドリアにやってきたのは紀元前二六〇年前後だと推定されている。

「今年は、デメトリオスや翻訳者たちが『光』を見てからだいたい二二九八年なんですよ」と私はつぶやく。

「知っているさ」とホールディング教授がうなずく。

「だからどうした？」

そのとき、「出力が完了しました」という女性の声が聞こえた。

私はホログラムディスプレイを見た。

光があった。

次に、私はその光に包まれたような錯覚を得た。何かが失われ、何かが私の中に入ってきた。

すべてが一瞬のことだった。

私は気がつくと大灯台の頂上を見ていた。きらめくような光の根源があるような気がした。

夕刻だった。灯台の光が、私が私であることを繋ぎとめている、そんな気がした。

ドン、ドン、ドン。

久々に聞く太鼓だ。

密林の殯《もがり》

「イントロクイズ、カスタムモード。一問目」という女性の声がする。五秒ほどの準備時間があって、バキバキに割れた源《げん》さんのスマホから少し音質の粗いエレキギターの音がした。源さんは「うーん」と腕を組む。丸テーブルの向かいに座ったタカオさんは、両手を頬に添えて目を瞑《つむ》っていて、何かに悩む乙女みたいなポーズをしている。

最近、昼休みにスマホのアプリを使ってイントロクイズで遊ぶのが流行《はや》っている。流行っているといっても、小さな事務所内で昼食をとるのは源さんとタカオさんと僕の三人だったし、僕はいつも参加せず、スマホでツイッターを眺めながら二人の戦いぶりを耳にしているだけだった。

クイズは懐メロが中心だったが、源さんは五十前後でタカオさんは三十代だから、二人の世代が被っているというわけではない。多くの場合どちらかが一方的に答えを知っていて正解してしまう。

僕はこれがイントロクイズ対決だとは思わない。源さんが得意とする八〇年代の曲が出題されれば源さんが勝つし、タカオさんが得意とする九〇年代以降の曲が出題されればタカオさんが勝つ。二人がそれでもこのアプリに夢中になるのは、正解者がその曲にまつわる思い出話をしていいという暗黙の了解があるからだろう。つまり二人は、自分の思い出を語る権利をかけてくじ引きをしているのだ。源さんが母親と二人でベイ・シティ・ローラーズのライブを観にいったら隣の席に巨乳の女性がいて、その日の晩に女性のことを思い出しながら生まれて初めてマスターベーションをしたという話は十回くらい聞かされていたし、タカオさんが失恋した日にベッドの中で「もう恋なんてしない」を朝まで聴いていたらＭＤが壊れ、その日に槇原敬之がシャブで逮捕された、という話も三回は聞いた。

「なんだっけな、知ってるんだけどな」

源さんが後頭部を引っかきながらそうつぶやいた。時間いっぱいになり、短調のギター音が止まっていた。半信半疑のまま、源さんは解答権を得ることにしたようだった。解答時間内に思い出すつもりなのだろう。

「この辺まで出かけてるんだけど。チンアナゴ、みたいなやつ。子どものころに十二億回くらい聴いたのに……。あ、ダメだ」

時間切れのブザーが鳴り、解答権がタカオさんに移った。タカオさんは「さっぱりだな」と言ったきり、すっかり諦めてしまった。

「『ガンダーラ』ですよ」と僕が横から答えた。「ゴダイゴの」

口にしてしまってから少し後悔した。そうやってクイズに参加したのは初めてだったからだ。

「そう、『ガンダーラ』だ」と源さんがうなずいた。「それもチンアナゴじゃなくて、ゴダイゴな。『西遊記』の主題歌だね。夏目雅子、お前たち知らないだろう。若いころは夏目雅子で一日五回行けたな」

「岡田くんも参加したいなら、素直にそう言えばいいのに」

タカオさんは源さんの話を無視してそう言った。その言い方に若干の嫌味を感じて、「別にそういうわけじゃないですよ」と強い口調で否定した。セブンイレブンで買った唐揚げ弁当のご飯をつまみながら「たまたま知ってただけです」と続ける。

「お前は世代じゃないだろう」と源さんが言う。空気の読めない源さんは、僕が少しムッとしていることにも気付いていないようだった。

僕はご飯を飲みこんでから「だと思いますよ」と答えた。「帰省したとき、たまたまテレビで流れてたんです」

「出身は京都だっけ？」

「そうです」

おそらく僕にはそのまま「ガンダーラ」の思い出話をする権利があったが、続きを話す気はない、と二人から視線をそらして唐揚げ弁当に手をつけた。源さんは「京都いいよな。寺とかあって」と雑な感想を口にしてから、すぐにイントロクイズを再開した。

先月、年始に帰省したとき、夕食時につけていたテレビの歌番組で「ガンダーラ」という曲が流れた。聞いたことのない曲だったし、そのまま何事もなければ記憶からも消え去っていただろう。

ギターのイントロを聞いた父が反応し、「ゴダイゴ、ええなあ」と口にした。それが母の逆鱗に触れてしまったようだった。母は「アホなこと言わんといて！」と怒鳴り気味に言った。

「不敬な名前つけて」

「別にええやんか。そんな不敬とちゃうやろ」

こういうときの母は折れない。「誰の許可を取ってるっていうん？」と大声を出した。それからもずっと「なんも知らんくせに」とか「歴史を盗む気か」とか何かを訴えていて、そのバックに悲しげなメロディーの「ガンダーラ」がずっと流れていた。僕は急いで生姜焼きをかきこんで、食器を片付けて自室へ戻った。頭の中にはずっと「ガンダーラ」が流れていて、「誰の許可を取ってるっていうん？」という母の言葉がこびりついていた。大昔の天皇の名前を使うために、いったい誰に許可を取ればいいのだろう。宮内庁？　今の天皇？　僕はそういった不毛な思考を頭から締めだすために、本棚にあった『スラムダンク』を久しぶりに再読することにした。

この思い出話には、実は何百年もの背景がある。母が急に怒りだしたのにも「一応」の理由があるわけだ。千三百何年だか忘れたけれど、何かのせいで誰かに命を狙われていた後醍醐《ごだいご》天皇は、懇意にしていた延暦寺《えんりやくじ》に逃げこもうとした。そのときに比叡山《ひえいざん》を登る天皇の輿《こし》を運んだのが八瀬童子《やせどうじ》と呼ばれる地元の住民で、その働きにより年貢やら公事やらの義務が免除されたらしい。免除は形を変えながらも数百年引き継がれ、終戦までずっと続いていたようだ。天皇の乗った輿を運んだおかげで、八瀬の住民は何百年も税金を払わなくてすんだのだ。その特権の見返りとして、八瀬童子は天皇が死んだときにその棺を墓まで運ぶ仕事を担うようになった。そういうわけで、父方のおじいちゃんのおじいちゃんは大正天皇の棺を墓まで運び、母方のおじいちゃんは昭和天皇の大喪《たいそう》のときに霊柩車から輿に棺を移したという。小さいころから「今の天皇陛下が御隠れにならはったときは、お前が棺を運ぶんやで」と言われて育った。どうやら僕は、八瀬童子のサラブレッドらしい。

後醍醐天皇の話も、税金の話も、棺を運んだ話も、葵祭《あおいまつり》の奉仕や赦免地《しやめんち》踊《おど》りのときに何百回と聞かされていたが、聞くたびにうんざりしていた。棺を適切に運ぶために過酷な訓練をしただの、百人で東京へ向かっただの、アホくさ、だからどうした、と思う。

イントロクイズは続いていた。何かの音楽が流れ、源さんが解答権を得た。「『大都会』。クリスタルキングだね」という声が聞こえた。特に思い出話がなかったのか、珍しく源さんは「次行こ、次」とあっさり飛ばした。「八問目」という声がして、すぐに次の問題が流れる。

僕は立ちあがり、食べ終わった弁当の容器をゴミ箱に捨てた。源さんが着ている制服のシャツの上から二番目のボタンが取れかかっていることと、机に勤務表のファイルが出しっぱなしになっていることが気になっていたが、これ以上二人に何かを話しかけたくなかったので事務所から出ることにした。外に出てドアを閉めるとピアノイントロが聞こえなくなった。どこかで聞いたことがある気がしたが、なんの曲かはわからなかった。

薄暗い屋内駐車場には冷たい空気が充満していた。僕は小走りで入口まで向かった。昼休みの時間は終わっていなかったが、先ほどベースから横持ちのトラックが到着して二便が届いていた。のんびりしている時間はない。今日はいつもより多くの荷物を配らなければならないからだ。担当ルートの荷物をトラックに積みこんで、運転席に座ってからPPのモニターを確認する。新しい時間指定はない。僕は一分ほど考えこむ。城山《しろやま》通りから商店街へ行き、千歳船橋《ちとせふなばし》方面の配達と集荷をして、もう一度商店街へ戻る。大丈夫、間に合うはずだ。朝に考えていたルートのままで、夕方の揚げ荷までに百二十件くらいなら配達できるだろう。

エンジンをつけて発車する。最初の信号が赤ならばそこで空調を入れることにしているが、青だったので空調は諦める。城山通りの交差点まではすぐだから多少の我慢だ。寒くて指先が少し痛むが、冬晴れのまっすぐな日差しが気持ちいい。「配達日和」という言葉があるなら、今日は割とそういう日だと思う。昨日は雪だった。天気予報に反して降り積もることはなく、半透明な霙《みぞれ》はアスファルトに落ちるとじわりと溶けていった。

赤堤《あかつつみ》通りで左折する際に、ダッシュボードに貼られた「かもしれない運転を心掛けましょう」というステッカーが目に入る。大嫌いな言葉だったが、室岡課長の指示ですべてのトラックに貼られていた。室岡は悪天候の翌日にはかならず「かもしれない運転」の話をする。自転車が路面に滑って急に転ぶかもしれない。前方車両が急ブレーキをかけるかもしれない。歩道の小学生が蝶々を追いかけて道路を横断するかもしれない。私たちがこの街で事故を起こせば、その被害者はかならずお客様です。一度の事故が、大切なお客様を失うことに繋がるのです。あらゆる可能性を考えて、安全な運転をしましょう――ああくだらねー。何が「あらゆる可能性」だ。「あらゆる可能性」など考えることはできない。可能性は無限だが、人間の脳みそは無限ではない。アホくさ。いつもそう思いながら、実際に口にしたことはない。

今朝の室岡は例外的に「かもしれない運転」の話をしなかった。昨日の夜配で消化しきれなかった荷物のクレームがあったらしく、ねちねちと注意喚起を繰り返していた。朝礼の時間を延長してまで、昨日の夜配担当への嫌味を口にした。一日の配達が終えられなければ三つの迷惑が発生します。お客様への迷惑、翌日の配達担当者への迷惑、そしてクレームを受ける私への迷惑です。雪は言い訳になりませんよ。ご覧の通り、積もってないので。たった数件の荷物を配るだけでいいのに。ウチの犬だって、毎朝私の鞄をベッドまで運んできますよ。それくらいのことがどうしてできないのか、私には理解できません。未配が残れば、本社は私の責任だとみなします。あ、それではさらに迷惑を追加しましょう。四つ目は本社への迷惑です。わかりますか。頭を使っていますか。足を使っていますか。予定日に荷物が届かなかった人の気持ちを考えていますか。私だってこんな話はしたくありませんが、仕方ないのです。あ、こんな話を長々と聞かされるドライバーたちへも迷惑をかけてますね。一、二、三、四、五……。多すぎて、もう何個の迷惑か数えきれません。とにかく配ってください。

室岡の姑息《こそく》なところは、そこまで嫌味を連ねながら、決して「配り終えるまで帰るな」と口にしない点にある。ほとんど口から出かかっているのだろうが、絶対に言質《げんち》は取らせない。その言葉が、労働基準法に違反するとわかっているからだ。数ヶ月前にも、別のセンターの責任者がその言葉のせいで処分されていた。

僕はトラックを城山通りの路肩に停め、エンジンを切ってから車外に出た。荷台の扉を開けて、奥に置かれた荷物を引っ張りだして台車に載せる。今日の積荷担当はパートの谷坂さんだ。彼女はまだ仕事に慣れていないので、PPの推奨通りに荷物を積んでしまう。たとえば経堂《きょうどう》五丁目と桜一丁目、宮坂一丁目は道路を挟んで隣接しているので、城山通りにトラックを停めれば一気に配達することができるから、ルートが遠くても縦に積まないといけない。機械の言う通りに積んでも、一日の荷物を捌《さば》ききることはできない。

時計を見る。十二時二十九分で、概《おおむ》ね予定通りだった。僕は最初に、五丁目ラ・ベルテ102の大川さん宛て、アマゾンさんからの再配をすませることにした。段ボールの大きさ、重さから、中身は洗剤やシャンプーなどの日用品だと予想する。大川さんは一人暮らしをしている中年の男性だ。彼は商店街の中にある不動産屋で働いていて、昼休みの間に一旦帰宅する。近くのライフで弁当を買い、十二時十五分に帰宅して、ワイドショーを見ながら昼食をとる。十二時四十分から十分ほど居留守になるが、おそらく大便だと思う。大便が終わって五分経つと出社で、そのリズムが崩れることはない。昼の間に荷物を渡せる時間は限られていて、十二時十五分からの二十五分間と、大便後の五分間だけだった。大川さん宛ての荷物があるときに昼休みを最後までとってしまうと夜配になるから、いつも少し早めに切りあげて配達をすませている。

ドアの前に立ち、チャイムを鳴らしてから「宅配便です」と口にする。何かを頬張った大川さんが玄関にやってきて段ボールを受けとる。やはりこの時間は昼食をとっているのだと確認できて安堵《あんど》した。ドアが閉まると、伝票をしまってからPPに配完の登録をする。

十二時三十一分。ラ・ベルテにはまだ403と508宛ての荷物があったが、今はまだ配らない。403は夕方の時間指定だったし、508に住んでいる学生はいつも在宅しているが、昼夜が逆転していてこの時間は寝ている。あとで近くの和菓子屋に定時集荷しに来たとき、二つともまとめて配ればいい。

青木ビルに向かい、台車の荷物を消化していく。住民の在宅時間と時間指定の荷物を考えながら最短ルートで配る。急ぐ必要はない。足を使うのではなく、頭を使うのだ。そうすれば必然的に再配は少なくなるし、客の満足度も高くなる。青木ビル一階の夫婦で経営している醤油ラーメン屋は、荷物を届けるとかならず「ありがとう」と言う。隣の九州料理屋は食材の一部を通販で買っているのに産地直送を自称しているので、客として行ったことはない。

青木ビル201の近藤さんは、化粧をしていないとドアを半分しか開けてくれない。彼女にはボッテガ・ヴェネタの大きな箱の配達があった。同期の木辺がこっそり教えてくれたが、彼女は風俗嬢らしい。新宿の風俗に行くのが趣味の木辺は、偶然その事実を知ったという。いつか近藤さんの店へ行って彼女を指名して「精子の配達です」と言いながら射精したい、と口にしていた。僕は「勝手にすれば」と答えた。「どうなっても知らんけど」

２０７の元木さんの荷物は、昨日の夜配で消化できなかったアマゾンさんだ。おそらく三十歳くらいで学生には見えないが、日中はかならず在宅している。見た目も清潔で血色もいい。彼はおそらくユーチューバーだ。玄関の外で彼が「はいどうも、こんにちは！」や「チャンネル登録お願いします！」と動画を収録している声を聞いた。木辺と違い、彼が何者か調べようとは思わなかった。直感的につまらないだろうと予測できていたというのもあるが、基本的に彼が普段何をしていようが、どの時間に行っても荷物を受けとってくれるというだけで助かる。昨日お届けできず、大変申し訳ありませんでした——そう謝りながら小さな段ボールを渡したが、特に怒っているようには見えなかった。

３０２の荷物は三回目の持ち戻りで、品物を確認すると取り寄せの洋菓子だった。クール便ではないが、賞味期限が近いこともあるだろう。配送元に問い合わせをするよう要請しておく。青木ビルの配達が終わると、僕は除菌ティッシュで指先を拭いた。段ボールを触ることに不潔さを感じたことはなかったが、チャイムを触ったあとはとても気になった。この習慣を「潔癖だ」と言われたこともあるが、自分では納得していない。他人の触ったものは全部ダメ、というわけではないからだ。エレベーターのボタンが気になっても、お客さんのドアノブを触るのは気にならない。トラックのハンドルが気になっても、宅配ボックスは気にならない。

相変わらず日は照っていたが、冷たい風が首元から入ってきて体が少し震えた。商店街のスピーカーからはいつも微妙に古いJ-POPのアレンジが流れている。イントロクイズの癖で耳をすませてしまうけれど、何の曲かはわからない。

定時集荷で家具のリサイクルショップへ向かったが、アルバイトの学生が「今日の集荷はなしです」と言った。店長がインフルエンザで休んでいて、通販の出荷ができないらしい。隣に新しく建ったビルの二階、来月開店予定の飲食店には八件の荷物があった。店内には改装工事を進める職人が三人いたが、オーナーが不在だということで荷物は渡せなかった。再配が十件になってしまったのは多少気がかりだけど、配完は六十三件で、順調なペースだ。問題ない。夕方の揚げ荷までになんとか終わらせることができるだろう。夜には木辺と飲む約束をしている。

「岡田くん、宮坂二丁目三丁目のルートも含めて、今日の夜配いけない？」

今朝、いつもより長い朝礼が終わり、免許証とアルコールのチェックをしていたときに室岡がそう聞いてきた。「昨日の未配があるからチームで頑張らないといけないんだ。源さんも『百五十いく』って言ってくれてるし」

「夜配は無理ですね。父が上京しているので」

嘘は言っていない。父は夜行バスで今朝東京に着いていた。今夜は僕の家に泊まるらしい。

「お父さんが？　もしかして改元の関係で？」

室岡は僕の出身地である八瀬の民が天皇家に仕えていることを知っている。彼はいわゆるネット右翼で、「憂国貴族」というアカウントを使ってツイッターをやっているのだ。去年木辺が突きとめてから、僕は彼が毎日何をつぶやくのかチェックしていた。「尖閣《せんかく》を返還せよ！」とか「国賊売国奴民主党は解体せよ！」とか「在日朝鮮人を追放せよ！」とか、そんな内容が多かった。実物の室岡は上司に逆らえず、ドライバーに嫌味を飛ばすだけの陰湿な男だったが、ネット上ではどんな偉い人物にも、その対象が「反日」や「左翼」に該当すれば毅然《きぜん》とした態度をとっていた。

「そうですね。新しい天皇陛下の大礼の儀に関して、宮内庁に何か陳情するそうです」

「それは国のためのことだ。夜配は他の人に頼むから、君は気にしなくて大丈夫」

「夜配はしませんけど、僕の担当ルートの未配分はやりますよ。昼休みを削ればたぶんなんとかなるんで」

「それはとても助かるよ」と室岡は僕の手をつかんだ。気持ち悪かったので、トラックに向かうそぶりを見せて振りほどいた。そのままトイレへ向かい、丁寧に手を洗った。

室岡はドライバーの多くから嫌われていた。それは彼がネット右翼だからではなく、性格が悪く責任を取ろうとせず、姑息で息が臭かったからだ。でも僕は、そこまで嫌いでもなかった。三十代で妻も友人もおらず、職場では嫌われている。趣味はネット上で左翼や外国人や野党を罵倒することと、ネット右翼界の同志に「いいね」をつけること。嫌うよりも先に、あまりにもかわいそうで同情してしまう。

もちろん彼を許容する余裕があるのは、僕自身が室岡から右翼的理由によって気に入られていて、彼から一度も嫌味を言われたことがないからだろう。頻繁に室岡の攻撃対象にされる木辺は、「近いうちに、あいつを排除するよ」と言っていた。「自爆覚悟であいつを討ちにいく。作戦名は『キベノミクス』」

「なんやそれ」と僕は聞いた。

「まず朝礼のとき、みんなの前で憂国貴族のことをバラして、あいつを怒らせる」

「それで？」

「あいつのことが嫌いなタカオさんとか安田さんとかを焚《た》きつけて、みんなで悪口を言いまくってグチャグチャにする」

「で、どうやって排除すんの？」

「第一の矢は、あいつが気を病んで自分から退社すること。第二の矢は、怒ったあいつの失言を録音して本部に提出すること。第三の矢は、憂国貴族の魚拓を実名付きでネットに公表すること。キベノミクス、三本の矢」

「上司にパワハラするみたいやな」

「それはいい。まさにその通りだ」

僕はその計画に少し恐怖を感じる。たしかに室岡のことが好きなドライバーなんて一人もいなかったが、みんなが室岡の悪口を公言するようになったのはこの一年で、すべて木辺が仕組んだように思えるからだ。木辺は最初、単純な性格の安田さんに室岡の悪口を吹きこんだ。安田さんは室岡に嫌味を言われると、露骨に不服そうな態度を取るようになった。室岡はそれを受けて、安田さんにキツく当たった。配達件数を増やしたり、配りきれなかったときに嫌味を言ったり。木辺は「安田さんを守る」という理屈のもと、公然と室岡の悪口を言うようになった。ツイッターを特定したのもそのころだ。全体的になんとなく室岡包囲網のようなものが形成されたあたりから、タカオさんも乗りはじめた。経堂エリアでの配達歴が一番長い古株の源さんは他人の悪口をあまり口にしないが、積荷のバイトや他のドライバーもみんな、室岡がいないときには高確率で彼の悪口を言っている。

木辺と知り合ったのは六年前だ。京都の専門学校を卒業してから母の反対を押し切って上京し、半年ほどフリーター生活をした。かけ持ちで始めた引っ越し屋のバイトで、初出勤のときにコンビを組んだ社員が木辺だった。最初の家で「ベータで待ってて」と言われ、「アルファがわかりません」と答えたら大声で笑われた。「ベータ」ではなく「ベーター」で、つまり「エレベーター」のことらしい。その日は朝から四軒回らされて、仕事が終わったのは午後十一時だった。木辺は「今月だけで百時間以上の超過労働をさせられているので、勤務記録を労働局に持っていく」と言っていた。

「明日からは有給を取ってそのまま退社する。だからこの仕事は今日でおしまいだ」

「僕は今日が初出勤なんですけど」

「やめとけ、こんな会社」

木辺は「裁判になったときに証人として呼ぶかもしれないから」と、僕の連絡先を聞いてきた。駅で別れるときに、「それはそうと、お前才能あると思うよ」とボソッと言った。

「なんの才能ですか？」

「引っ越しの。段取り覚えるの早いし、重い箱も運べるし」

「初めて言われましたわ」

「俺も初めて言ったよ」

結局僕はそのバイトを半年続けた。たまにネットのニュースなどを調べたりしたが、誰かが僕のバイト先を訴えたというような記事は見当たらなかった。退職した木辺とコンビを組むことは二度となかったが、半年後に木辺から連絡が来た。裁判の証人の依頼ではなく、酒を飲もうという話だった。新宿の居酒屋で会うと、木辺は僕が引っ越し屋の仕事を続けていることに驚き、「今すぐ辞めろ」と言った。「あんなゴミ会社」

「裁判は勝ちはったんですか？」

「裁判にはなんなかったけど、退職金やら未払い賃金やら、結構金は貰えたよ。そろそろ失業手当の期間も切れるし、働かないといけないんだけど」

「半年間何してはったんですか？」

「ツイッターとかユーチューブとか見てたら、半年なんてあっという間だよ」

「そんなに面白いですか？」

「少なくとも、嫌な思いはせずにすむよ」

木辺は新しくできた経堂センターで宅配便運送会社の社員になると言った。ドライバーが足りていないから、お前もどうだ、と誘われた。

「なんで僕のこと誘ったんですか？」

「向いてると思ったから」

「一度一緒に働いただけでわかるんですか？」

「わかるよ」と木辺は言った。「一緒に働いたバイトの中で、向いてると思ったのお前だけだから」

僕はとりあえず「親に相談します」と答えた。

親には「二年で京都に帰る」と言っていた。社員になれば、二年で帰ることができなくなるだろう。

帰省して「東京の運送会社の社員になりたい」と両親に告げた。予想外だったのは、母が割と味方してくれたことだった。「うちらのご先祖は天皇陛下をお運びしてたんやから、運送の仕事は天職と言っていいんとちがう？」

父は断固として反対だった。「お前は八瀬の民として、天皇家にご奉仕するため準備しとかなあかん。そのために京都にいる必要があるんや。若いうちに広い世界を経験するんは悪ないと思うけど、就職なったら長期になるかもしれんやろ。そんなこと許されへん。京都へ帰ってこい」

母は「ほんま何言うてもわからん父親やね！」と反論した。「自分の息子が天皇陛下の都で御輿を運ぶ訓練しよ言うてるのに、そんな言い方はないでしょ！」

「こいつが運ぶんは天皇やなくて、アマゾンの段ボールやぞ」

父と母の代理戦争になった。僕の味方をしてくれているのが母というのが妙な点だった。こういうときはだいたい父が肩を持ってくれていた。お互いを罵倒する汚い言葉と、天皇家に対する敬語の入り交じった、上品だか下品だかよくわからない喧嘩だった。最終的に、毎年の赦免地踊りの際にはかならず帰省することや、東京でのご奉仕にはかならず出席することなどが条件として出され、僕の就職は認められた。そうして僕は今の仕事を始めたわけだ。

自分でも、この仕事は向いていると思う。日常的にチャイムやエレベーターのボタンなどに触れなければならないことを除けば、ストレスが溜まることも少ない。ＰＰを見ながらルートを計画し、それがうまくはまると気持ちいいし、朝トラックに積まれた山のような荷物が夕方にすっかり空になっているのを見ると、何か偉業を成し遂げたような気がする。

午後に二件時間指定が入り、僕の計画に多少の狂いが生じてしまうが、商店街と緑道沿いのマンションの順序を入れ替えればいいと思いつき、問題が解決する。

僕は新たに計画し直したルートに沿って、順調に午後の集荷と配達を消化していった。いくつか想定内の再配もあったが、昼休みを使うことでいつもより多い件数をこなせた。大丈夫、今日はうまくいった。それだけに、インフルエンザにかかったせいで定時集荷ができなかったリサイクルショップの店長と、新規開店で荷物が届くとわかっているのに、なんの言伝《ことづて》もせずに外出していた飲食店のオーナーが気になって仕方ない。彼らの仕事を終えることができていれば、僕のトラックは空になっていた。完璧な配達日和だった。僕はフロントガラスに差しこんだ西日に目を細める。空調は切っているが、天気は最後まで崩れず、生暖かい風も吹いていて朝よりは寒くない。大丈夫、今日は悪くない日だった。昨日の未配を多少は取り返すことができた。計画通りだ。

日が暮れる前にすべての仕事を終え、僕はセンターに戻ってきた。揚げ荷のトラックはまだ来ておらず、事務所にはタカオさんと木辺がいた。木辺は今日休みだったはずだ。

「いいところに来たな」と木辺が言った。「今、作戦会議してたんだ」

「なんの？」

「キベノミクス。週明けの朝礼でやろうと思ってて」

タカオさんが「これとかヤバいね」とスマホの画面を木辺に向けた。「外国人差別だ」

「怪しいのは全部スクショ撮っておいてください」と、勤務表の写しが入ったバインダーを開いた木辺が指示する。「一応全部魚拓があるんですけど、わかりやすくまとめたものがあった方が拡散するんで」

「去年の十一月六日は出勤日だっけ？　十四時二十一分と二十六分にツイートがある」

タカオさんが聞き、木辺が勤務表を調べる。

「休みっすね。あいつ、徹底して勤務時間内につぶやいてくれないですね」

「証拠があれば楽なんだけどね。あ、『民主党という悪魔を滅ぼせ！』ってのは殺害予告にならない？」

「たぶんならないけど、配達業者には不必要な危険思想だからスクショしちゃいましょう」

「憂国貴族」のデータをまとめていた木辺が「週明けの月曜は岡田も出勤日だろ？」と聞いてきた。

「せやけど、俺は何もせえへんよ」

「それでいいよ。何もしなければ。その代わり室岡の味方もしないでくれ。室岡はお前が自分の味方だと思いこんでるから」

「そうか？」

「そうだ」と木辺がうなずいた。「だから、お前が黙ってるだけで室岡は深く傷つくよ」

「傷つけてどうするん？」

「辞めてもらう」

僕は少し考えてから「あいつ、思いつめて自殺するかもしれんで」と言った。「結婚もしてへんし、たぶん恋人も友達もおらんやろ。息も臭いし目つきも悪いし、仕事を失ったらなんも残らへんのちゃう？」

「右翼的思想が残るから大丈夫だろ。それに、あんなやつが死んだところで誰も悲しまないし、社会になんの損失もない」

「そうかもしれんけど」と口にしたところで、安田さんと源さんのトラックが帰ってきた。僕は揚げ荷の準備をするために、集荷した荷物を整理しにトラックへ戻った。

木辺は「キベノミクス」のために、もう少し事務所に残ってタカオさんと証拠を集めるらしい。七時半に新宿で落ち合うことにして、僕は一旦帰宅した。

父はワンルームの中央に置かれた炬燵《こたつ》で手紙を書いていた。老眼鏡を触りながら僕の姿をちらりと見ると、「鍵はガスメーターに戻しといたぞ」と言った。暖房からいつもより強い熱風が吹いている。勝手に設定を変えられたのかもしれないと思うと、少しだけ文句を言いたくなる。

僕は無言でうなずき、コートを脱いで右手に持った。

「ご飯どうすんねん？　お前のおすすめの店へ連れてってくれてもええで」

「ごめん、外せへん用事入ってしもたから、言うてる間に外出るわ」

「そうか」と父が視線を落とした。

「遅くなるかもしれへんし、ベッド使って寝ててええよ」

「明日も仕事か？」

「うん」と言いながら、僕はコートを壁にかけた。

「宮内庁行くし、お前のこと紹介しようおもててんけどな」

「仕事やから無理」

それきりお互い無言になった。父は手紙の続きを書きはじめた。ちらりと横目で見るが、草書というのか、僕には文字が読みづらい。洗面台で手洗いとうがいをすると、狭い部屋で手持ち無沙汰になり、僕はベッドに腰掛けてテレビをつけた。父は皺《しわ》一つない黒いジャケットを羽織っていて、昔より背中が丸まっている気がする。適当にチャンネルを回し、夕方のニュースで止めた。よく見るコメンテーターは自民党がどうだとか、アメリカがどうだとか、そんなことを言っていた。

「天皇の関係？」と僕は聞いた。

「何のことや？」と父がこちらを向いた。

「宮内庁行く理由」

「そらそうや。明日は大礼のときの話をするついでに、天皇さんに手紙渡してくるんや。『長年のご公務お疲れさまでした』ってな。天皇さんも引退して、上皇にならはるからな」

父と母の天皇の見方には違いがある。母は天皇のことを宗教的に盲信していて、かならず「陛下」と呼ぶ。君が代を歌っていないサッカー選手のことは何があっても認めないし、ゴダイゴのことを許していない。一方で、父は天皇のことをお世話になった上司のように慕っていて、よく「天皇さん」と呼ぶ。母に嫌な顔をされて「陛下」と言いなおすこともあるが、君が代もゴダイゴも気にしない。父はよく、母のいないときに「天皇が神やったんは戦時中だけや」と言った。「それ以外の時代は、単に偉い人。やけど、それで十分やねん。偉い人に税金を免除してもろた。八瀬の民はそれで得したから、お返しに天皇家に仕える。昔の恩を奉公で返す。その関係をずっと続けていかなあかん」

誰かと天皇の話をするのは難しい。一般的にそんな機会は少ないと聞くが、僕は八瀬に生まれたせいで、学校でも家でも、子どものころからよく天皇が話題に上った。天皇の話をする難しさは、それぞれの「天皇」が違うからだと思っている。父のように「偉い人」と考える人もいれば、憂国貴族や母のように、天皇が神だと思っている人もいる。もちろん、天皇なんて制度はなくせばいいと思っている人だっている。では僕はどうだろう。あまり深く考えたことはないが、別に嫌いではない。かと言って、神だと思っているわけでもない。自分にとっての天皇は、父の考えに近いのだろうか。でも僕は恩を感じているわけでもないし、天皇家に奉仕する仕事に名誉も魅力も感じていない。

まだ完全に日は落ちていなかったが、日当たりの悪い部屋の中が暗くなりつつあった。父は途中まで書いた手紙を顔の前に掲げ、目を細めてじっと見つめていた。照明のスイッチを入れると、部屋の中心にくっきりと父の顔が浮かんだ。父もずいぶんと年老いたのだな、と思う。

「手紙とか書いて、棺を運んで、それでなんか意味あんの？」

何か喋ろうと思って、つい僕はそう口にしてしまった。父は怒らなかった。ただひたすら困惑していた。その様子を見て、聞いてはいけないことを聞いてしまったような気がした。

父はしばらく手紙をじっと見つめてから「わからん」と言った。「それが伝統や。八瀬の民は、そうやって七百年も天皇家との関係性を繋げてきたんや。俺の代で終わらせるわけにもいかんし、お前の代でも終わらせたらあかん」

「なんもする気ないで」

「考え直してくれへんか」と父は言った。「この家の長男として生まれた者の務めやと思ってくれ。天皇の棺を運ぶし、宮内庁にも行くし、天皇に手紙も書く。そうやって天皇さんとの関係を続ける。それくらい、天皇さんの日々の務めに比べたら楽なもんやろ」

長男の務め、という言葉を聞くと、僕はたとえその内容がどんなものであれ反発してしまう。僕が長男であることは、僕が選んだことではない。自分で選んでいないことを押しつけられるのは理不尽だ。

「嫌や。そんなの関係と呼ばへん。今は税金も払ってんねやろ？　こっちから一方的に頭下げて、構ってもらってるだけやん」

「頭下げて構ってもらえることが、どれだけありがたいかわかってへんのか？」

「いや、意味ないやん。そんなことしても」

「ほな、お前にとって他の何が意味あるっていうねん？」

「知らんし」

「ないやろ、なんも」

僕は何か言い返したい気持ちになって、必死に考えた。とっさに思い浮かんだ反論は仕事のことだった。朝、ＰＰを見てその日の配達リストを確認する。誰がどの時間に在宅しているか、時間指定はどの家か、定時集荷はどこか。それらを総合して、その日の配達ルートを決める。どこにトラックを停めるのが効率いいだろうか。再配が少なくなるだろうか。どの時間に伺えば、受取人のお客様に満足してもらえるだろうか。それらがうまくはまり、すべての荷物を予定通り配り終えた日に、僕は何か意味のあることをしたような気持ちになる。

頭の中で、自分の反論に対する反論を考える。それは本当に意味のあることなのだろうか。僕が毎日二百個の荷物を運ぼうが、毎日一千万件の宅配便が依頼される。空にしたトラックの荷台が、翌日にはまたいっぱいになっている。天皇の棺はどうだろうか。天皇の棺を運んでも、翌日に霊柩車が天皇の棺でいっぱいになっているということはない。その運送は歴史に残り、次の天皇が死ぬまで人々の記憶に残る。

父は老眼鏡越しに、じっとこちらを見つめていた。僕の言葉を待っているようだった。僕は

「いちいちうっさいねん」と口にした。父は怒りもせず、ただ残念そうな顔で「すまん」と謝った。

「そろそろ行くわ」と言って、僕はさっき壁にかけたばかりのコートを着た。約束まではまだ時間があったが、これ以上家の中にいるのはさすがに気まずかった。父は「明日のバスで帰るわ」と言って、また手紙を書きはじめた。僕は「遅なるで」と家を出た。すっかり外が暗くなっていた。

新宿に向かう小田急線の中で、僕はどこか居心地の悪さを感じていた。それはおそらく父のことだったり、再配のことだったりするのだろう。あるいは、週明けに行われる「キベノミクス」のことだったり、出かける際に見せた父の残念そうな表情だったりするのかもしれない。僕は憂国貴族のアカウントを見る。憂国貴族の笑えるツイートはすべてを忘れさせてくれる。

「天皇陛下にご奉仕する名誉！　八瀬の輿丁《よてい》は太古より神を運ぶ一族だ！」

十五分前のつぶやきだった。八瀬童子について、地方新聞の記事を引用してそうつぶやいていた。今朝室岡とその話をしたので、わざわざ記事を見つけてきたのだろう。記事の概要はこうだ――今回の改元は天皇が御隠れになったわけではないから、もちろん大喪は行われない。だが新天皇の就任式にあたる大礼があるので、八瀬の民はそこで天皇家にご奉仕することになるかもしれない。記事の下には写真が載せられていて、実家の居間でまっすぐカメラを見つめた父の姿が写っていた。

僕は憂国貴族のつぶやきを眺める。そこに「神を運ぶ一族」という言葉がある。

そうだ、僕は神を運ぶ一族なのだ。

室岡の朝礼はありきたりで退屈で、心底くだらないと思っていたが、彼がネタに困ったときに口にするリストに、二つだけ興味深い話があった。一つは「お客様は神様」という話だ。それゆえに、僕たちは神様に奉仕する人々らしい。もう一つは「私たちには三つのお客様がいる」という話だ。「配送を依頼するお客様」「荷物というお客様」「荷物を受けとるお客様」の三つだ。その三つをすべて大事にしろ、と室岡はよく話した。

二つの話はそれぞれありきたりでつまらないが、組み合わせることで驚愕の事実が判明する。つまり、僕たちには三つの神様がいるのだ。僕たちは「配送を依頼する神」から「荷物という神」を受けとって、「荷物を受けとる神」に宛てて「神」を届けている。配達とは、神から預かった神を神に届ける仕事なのだ。

憂国貴族のつぶやきに、僕は妙な安心感をおぼえる。僕は七百年前からずっと神を運んできた一族の末裔《まつえい》で、今も毎日神を運んでいる。神は今や、アマゾンさんに変わった。でもそうだろう。現代人にとって、天皇よりもずっと、アマゾンさんの方が神なのではないか？　アマゾンさんという神からアマゾンの商品という神を受けとって、アマゾン購入者という神に届けるというわけだ。

新宿に着くと、ヨドバシカメラで時間を潰した。ヨドバシカメラさんも神だし、そこで売られている商品も神だ。僕は今、神の中で、神に包まれている。そう考えると、もやもやした気分が晴れていく。しばらくして木辺から刺身の美味しい居酒屋を予約したという連絡があり、そこへ向かう。三分前に到着したが、木辺はもう席についていた。すぐに生ビールで乾杯して、その店がオススメする刺身の盛り合わせを注文した。

「珍しいな、お前から飲もうって誘ってくるの」

「家に親父が泊まりに来てるから、帰りたないねん」

「親父は何しに来たの？」

「宮内庁に陳情しにいくらしいわ。なんかの用で」

「ああ、天皇関係か」と木辺がうなずいた。「平成も終わるしな」

「ぶっちゃけ、天皇ってどう思う？」

僕は思いきってそう聞いた。

「どういう意味？」

「意味も何も、どう思うか、って」

「どうだろう、あんま考えたこともないな」と木辺は目を細めた。「人並みに『すごい』とは思ってるよ。天皇って人権とかないでしょ。自分の生き方を自分で決めることもできないし。前に聞いた話だけど、天皇って戸籍もパスポートもなくて、裁判を起こす権利もないらしいよ。財布を盗まれても訴えられない。天皇が財布持ってるのか知らないけど。まあ別に神だとは思ってないけど、嫌いってわけでもない。もし小田急線に乗ってるとき、天皇が豪徳寺《ごうとくじ》から乗車したら席は譲るかな。別に頭は下げないけど」

「なるほど」

「ちなみにさ、お前、次の元号知ってたりしないの？　なんかの特権で」

「知ってるわけないやろ。それに、そんなこと知ってどうすんねん？」

「金儲けできるかもしれないじゃん。どうやって金儲けるのかはわかんないけど。なんか聞いた話だと、もう結構前から次の元号は決まってて、関係者はみんな知ってるらしいよ」

「どっかから漏れたりせえへんのかな」

「大正が終わったときも次の元号の情報が漏れたらしい。そんで、その漏れた元号はクビになって、別の元号が採用されたってわけ。それが昭和」

「詳しいな」

「聞いた話だけどな。ちなみに俺、次の元号の予想が一個だけあるんだ」

「なんて元号？」

「『無』さ。小渕恵三みたいなやつが記者会見場に現れて、『無』って書かれた色紙を掲げるわけ。次の元号は『無』。つまり元号は廃止。新天皇は『無天皇』って名乗る。これからはずっと『無』の時代。元号って邪魔じゃん。もういらなくね？」

「次の天皇は『無』を背負うんか？」

「次だけじゃない。次もその次も、ずっとだよ。でもそれって、何か真理っぽい感じしないか？」

「どうせ『無』なら天皇制そのものをやめたらええやん」

「そこがポイントなのよ。実際には『無』なのに天皇制は残り続ける。そしてお前は『無』を運ぶことになる」

「わからんなあ」

「それにさ、ほら、天皇制がなくなったらお前も困るだろ？」

「別に困らへんよ。おかんは泣き叫ぶやろうけど」

「親父は泣かないの？」

「わからん。どうすんやろ」

僕たちはビールを飲みながら、大量の刺身を食べた。木辺はカツオのタタキにハマって、「食べログ3・7なだけある」と連呼して四皿も頼んだ。カツオのタタキを食べながら、木辺はずっと「キベノミクス」の話をしていた。タツオさんがヤバいツイート見つけてさ。四年前なんだけど、社民党の議員に「お前の事務所に爆弾を届けるぞ！」ってリプライ飛ばしてたの。さすがにこれはアウトでしょ。大の大人が殺害予告だぜ。しかも「届けるぞ」っていうのが、微妙に配達のクセが抜けてなくて笑えるしな。室岡の命も週末までだね、間違いなく。

木辺がビールを運んできた「かおり」という名札をつけた若い女性店員に「タタキ以外のお

すすめなんですか?」と話しかける。店員は戸惑いながら「あん肝とかよく注文されます」と答えた。

「よく注文される、とかじゃなくて、君のおすすめを知りたいんだけど」

女性はしどろもどろになりながら「えっと、なんだろ……入ったばっかりなんで、わかんないです」と言った。

「ああ、じゃあもういいわ」と木辺が冷たく言う。

「ごめんなさい」と謝って、「かおり」は席から離れていった。

「あいつ、向いてないね」と木辺が言う。その通りかもしれないと思いながらも、僕は何か釈然としない気分になる。

「向いてないって、何に?」

「俺らの仕事に。自分の頭を使えない」

木辺の言葉に僕は驚く。

「てっきり居酒屋の店員に向いてないって話かと思ったわ」

「そりゃどっちも向いてないっしょ。居酒屋のホールも俺らの仕事も、似たようなもんだし」

「そうか?」と首を傾げながらも、なるほど、とも思う。どちらも、客の依頼を聞いて商品を運ぶ仕事だ。注文されては商品を運び、安全に送り届ける。その繰り返し。

僕はふと考える。もし客が神で、商品も神ならば、運び手はいったい何者なのだろう。神を運ぶ人間は、関係者の中で自分だけが神ではないという現実を受け入れないといけないのか。八瀬童子は七百年間、神々から疎外されていたのか。父は僕に、その伝統を継げと言う。継承するという行為を考えると、僕の頭はさらに混乱する。さて、僕は伝統の運び手でもあるというのか。もしそうだとしたら、僕は生まれながらの運び手で、その限りにおいて客であるときさえ神ではない何かだ。

僕は「お前才能あると思うよ」という木辺の言葉を思い出した。もしかしたら、神を運ぶ「才能」とやらは、自分自身が神ではないというその一点にあるのかもしれない。酔った頭でそんなことを考える。それって、とんでもなく残酷なことではないか、と思う。

木辺はどうしても室岡の話がしたいようだった。「憂国貴族のさっきのつぶやき見た?」と聞いてくる。僕は「見てないけど」と嘘をついた。僕は自分が憂国貴族のアカウントを頻繁にチェックしていることを、なんとなく隠している。

「お前のことなんだろうけどさ、八瀬童子の記事にコメントしてたよ。見たほうがいいよ」

「暇だったらな」

「あいつ、お前のこと大好きだからな」

僕は「そんなことないやろ」と言いながら、実際には木辺の見立ては当たっていると思っている。でも僕は、室岡に気に入られる筋合いはないと思っているし、そもそも僕は自分の生い立ちに不満を持っている。

「でも室岡ってちょっと可愛ない？」

僕はそう口にしてみる。「気持ち悪いのはそうなんやけどさ。仕事終わったら、毎日一生懸命になって右翼活動してんねんで？　誰の得にもならへんのに。なんか無垢《むく》な子どもみたいやん。あいつなりに、神に触れることで辛い現実の中を生きてるんやと思うわ」

「何、急に。俺は普通に気持ち悪いだけだけど。もしかしてお前、あいつ庇《かば》うの？」

「んなわけないよ」

「室岡にリークとかすんなよ。先回りして準備とかされたら厄介だから。不意打ちして狼狽《ろうばい》させないと、二の矢や三の矢の効果が薄まるからね」

「するわけないやろ」

「なんか心配だな。お前、少し何考えてるかわかんないとこあるし」

店を出たのは午後十一時だった。「どうする？」と木辺に聞かれた。木辺は明日も休みだったが、僕は出勤日だ。「もう一軒行くか」と僕は言った。「親父が待ってるから、あんま家に帰りたくないし」

木辺が前に行ったことがあるというバーに行き、ビールを何杯も飲んだ。終電の時刻を過ぎても僕たちは飲み続けた。一時を回ったとき、次の店は「パイン・ツリー」にしないか、と木辺が提案した。「ええよ」と僕は答えた。「どこにあるん？」

「どこにあるっていうか、場所でいうとラブホだな」

「ラブホ？」

「パイン・ツリーはデリヘルの店。近藤さんが働いてる。前に言っただろ、青木ビル二階の近藤さんが風俗で働いてるって。今夜出勤してるみたいだし、本番もオッケーらしいよ」

「さすがに気まずいやろ。昼に配達したばっかやぞ」

「ちょうどいいじゃん。今度は近藤さんが配達される番ってこと。それに宅配の顔なんていちいち覚えてないって。まあ、もし向こうが覚えてたとしても、偶然を装えばいいじゃんか。こっちは金払ってるんだから、文句言われる筋合いはないっしょ」

「今後配りに行ったらさすがに気づくんちゃう？」

「もしかして怖気づいた？　お前潔癖なところもあるし」

「それはちゃうよ」と僕は否定する。僕は怖気づいているわけではないし、風俗に対して別に不潔だとも思っていない。そういうことではなくて、単に乗り気になれないだけだ。近藤さんは荷物を届けにいく対象で、近藤さんが僕のところへやってくる、という状態が想像できない。

「わかった」とビールを飲み干してから木辺が言った。「俺がお前の分も金を払ってやる。それでいいだろ。奢《おご》りだ」

「まあ、それならええよ」と僕はうなずいた。客観的に断る理由はないと思った。「タダで風俗行ける機会なんてないしな」

「神聖な一族の末裔に、改元を祝して」

木辺がグラスを掲げる。僕はなんとなく乗り気にならず、「やめてくれ」と言って残ったビールを飲み干す。

「ノリ悪いな」と木辺が苦笑いをする。「まあ問題は、どっちが近藤さんを指名するか、だ。近藤さんは一人しかいないからな。ジャンケンで決めるか」

「ジャンケンじゃ味気ないいな。せっかくやし、イントロクイズにせえへん？」

「源さんたちがやってるやつ？」

「そう。源さんに無理やりダウンロードさせられたから、スマホにアプリは入ってる。一度も起動したことないけど」

「いいだろう。その代わり、問題のジャンルは俺が決めるよ」

「オッケー。勝った方が近藤さんを指名するってことで」

木辺はアニメソングを選び、一方的な試合になった。四問目まで聞いたことのないアニメの聞いたことのない主題歌をすべて木辺が答えた。最終問題で「おどるポンポコリン」がわかって一問だけ正解したが、結果は木辺の圧勝だった。

「俺の勝ちだから、近藤さんはいただくよ」

「どうぞ」と言ってから、僕は何か、すべて木辺によってコントロールされているのではないかという気持ちになってくる。こうしてデリヘルの店に行くことになったのも、近藤さんを木辺が指名することになったのも。

「じゃあ帰ろかな」と口にした。「近藤さんじゃないなら、あんま興味なくなってきたな」

「さっきは気まずいって言ってたじゃんか」

「それは方便っていうか」

「わかったよ、それなら近藤さんは譲ってやる。けどなんのためにイントロクイズしたのかわかんなくなるから、代わりに一つ俺の要望を聞いてくれ」

「何？」

「近藤さんに『精子の配達に来ました』って言って。そんでその発言をしてるとこ、証拠に録音して」

木辺の目に、「どうせお前にはそんなことできないだろう」という色が見えた。僕は頭にきた。ふざけんな、と言いたくなる気持ちを必死にこらえて、「ええよ、そんくらい」と口にした。

「マジ？」

「当たり前やろ。舐《な》めんな」

殺すぞ、という声が出そうになった。いや、もしかしたら口にしてしまったのかもしれない、そんな気もしたが、木辺の表情を見る限り、言っていないのだろうと思う。普段の僕なら口にしていたのだろうか。どうだろう、酒を飲んでいたからこそ、口にしなかったような気もする。僕は「殺すぞ」という声が、誰に向けられたものなのかわからずにいた。室岡といえばそうなのかもしれないし、リサイクルショップの店長や飲食店のオーナーに向けられたものなのかもしれない。僕は配る機械だ。神から預かった神を、神に宛てて。ただそれだけ。それだけの話。殺すぞ。

酔っているわけではない。絶対に。大丈夫、頭は働いている。ただ心の底がもやもやしているだけだ。余計なことを考えすぎたからかもしれない。再配は受取人のせいではない。向こうが不在のときに、勝手に押しかけているのは自分たち配達人だ。だからこそ僕は、配れなかった荷物を受取人のせいにはしない。絶対にしない。配れないのは自分の力不足だ。

「はよ教えてや」

「何を?」と木辺が聞く。

「パイン・ツリーの番号に決まっとるやろ」

「どうした、急に?」

語気が荒くなっている気がする。僕は「なんもないよ」と笑う。僕は腹が立つ。自分に、室岡に、木辺に、不在に。僕は番号を聞くと、間髪入れずパイン・ツリーに電話した。呼びだし中に「れいか」と木辺が言う。「近藤さんの源氏名」

僕は冷静に、デリヘルの電話番と会話をする。今日これからいけます? 指名したいんですけど。れいかちゃんで。そう、そうです。あ、初めてです。七十分のやつで。オプションはいりません。あ、どこでもいいです。

予約者の名前を聞かれ、僕がとっさに「室岡」と答えると、木辺が隣で爆笑していた。大丈夫、僕はうまくやれているし、今日もまた完璧な一日だった。

僕の電話が終わると、今度は木辺が予約をした。木辺は「源さん」と名乗って予約をして、向こうの担当者に予約名を何度も聞き返されていた。

僕たちはテキーラを一気飲みしてから店を出て、指定された別々のラブホに向かった。歌舞伎町のリゾート風のラブホだった。小さな風呂つきの部屋には、BGMとして古めのJ-POPが流れていた。いったいなんの曲だろうか、と僕は考える。平井堅か何かな気がする。以前母は、平井堅のことを褒めていた。時計の曲は感心せんかったけど、平井堅の君が代はよかったわ。あれはきちんと国を愛している人の歌い方やわ。僕は「知らんわ」と心の底で叫びながら、ああ、そう、と答えたはずだ。知らんわ。知るかボケ、殺すぞ。誰を？　母を？　それともインフルエンザで休んだ店長を？　店長は悪くない。病気は仕方ない。不在は僕のミスであり、受取人のミスではない。だから「殺すぞ」という言葉は店長に向けられたものではなく、インフルエンザウイルスに向けられたものだ。インフルエンザウイルス、頼むから死んでくれ。この殺意を受けとめて。

僕はスマホを開き、憂国貴族のアカウントを確認する。八瀬童子の記事以降、今日のつぶやきはなかった。がっかりだった。今の僕を笑わせてくれるのは、憂国貴族しかいないと思っていた。つまんねえやつだな、辞めちまえよ、みんなに嫌われて、誰からも愛されなくて、偏った思想を盲信して、死んじまえばいいのに、インフルエンザウイルスが。僕は必死に言葉を探す。ようやく「パイン・ツリー 新宿」という言葉を思い出して、グーグルに打ちこむ。一番上に出てきたホームページから、「れいか」のページを見る。口元にボカシが入っているし、かなり強烈に修正されているが、おそらく近藤さんだろう。二十一歳でEカップらしいが、実物は少なくとも二十一歳には見えなかった。

そのあたりでノックの音がした。「お待たせしました」とドアの外から声がする。僕は慌ててスマホのブラウザを閉じてからドアに向かう。強烈な違和感がある。どうして僕は今、ここにいるのだろうか。どうして僕はデリヘルを呼んでいるのだろうか。今日は完璧な一日だったか？　神に奉仕したか？　いや、違和感の正体は簡単だ。いつもと逆だからだ。いつも配達をするときは僕が外にいて、近藤さんが部屋の中にいる。お待たせするのは僕だし、配達するのも僕だ。逆？　では近藤さんは何を配達している？　彼女自身を？

ドアを開ける。近藤さんは紺色のコートの下に、谷間の見える白いセーターを着ていた。昼間と違いバッチリ化粧をしているが、間違いなく昼に見た顔だ。近藤さんの顔をじっと見つめていると、「どうかしましたか？」と彼女は笑った。僕が配達員だとは気づいていないようだった。

「いや、可愛いなあとおもて」

「お上手ですね」

部屋の中に入ってきて、コートを脱いでから「れいかです」と近藤さんが名乗った。

「室岡です」と僕も返す。

「ムロオカって、どういう字ですか?」

「室岡の室に、室岡の岡です」

「それじゃ説明になってないですよ」と近藤さんがさりげなく僕の肩を触った。「あ、それじゃあ始めますね」

なんも知らんくせに気安く触んなボケ、インフルエンザウイルスが。インフルエンザが流行ってますね、とでも口にしようか。僕の周りでは別段流行っているわけでもないのに。いや、まず何が重要かというと、そもそも僕の股間が膨らんでいることだ。それでいい、と僕は思う。

「あ、始めていいんですか?」

「え?」

「始めますね」と近藤さんが笑う。今のやりとりはなんなのだろうか。近藤さんはポケットからスマホを取りだし、タイマーをセットしている。僕は考える。「それでいい」という言葉が声に出てしまっていたのだろうか、と考えると、途端に不安になる。近藤さんはベッドの脇にスマホを置いて「まずはうがいをしましょう」と言う。

導かれるまま、僕は洗面所でイソジンのようなものでうがいをする。何も考えるな、と僕は強く思う。余計なことは、何も考えてはならない。その間にも近藤さんは僕の体をベタベタと触ってきて、うがいが終わったときに「もう大きくなってますね」と笑った。

「そりゃそうですよ」と僕は声に出す。

「身体を流しましょうか」と言って、洗面所で近藤さんが服を脱ぎはじめ、あっという間に下着姿になった。二十一歳、Ｅカップ。二十一歳ではないと思うが、乳房は普通より大きいと思う。


先に浴室に入った近藤さんを見送ってから、僕はスマホの録音機能をオンにした。浴室からシャワーが流れる音がしていた。浴室のドアを開けようとした瞬間、もしかしたら木辺はこの録音データを使って、いつか僕を破滅させようとしているのかもしれない、というような思考がよぎった。いや、そんなわけはないだろうとすぐに思い直したが、完全に否定できるほど木辺という男について深く知っているわけではない。木辺は前の職場でもそうやって証拠を集めていたし、今も室岡を破滅させようとしている。録音データを送ったら、いつか木辺は僕を排除するのだろうか。

録音を止めようか迷った。でも、ここで録音をやめれば、僕は自分が木辺の側に立ってしまうことになるような気がした。それが嫌だった。絶対に止めてやらない、と僕は決意する。それが唯一、僕が僕に殺意を向けさせなくてすむ方法だと思った。

「室岡さーん」という呼び声が、浴室の中から聞こえた。

そうだ、僕は室岡なのだ。だからこそ僕は、録音を止めてはいけない。

浴室に入った瞬間、「大きいですね」と近藤さんが言った。

「お上手ですね」

「本心ですよ」

近藤さんは両手でボディソープを綺麗に泡だて、僕の全身に塗りたくった。最後に股間に手を伸ばし「大きい」とつぶやきながら泡を使って陰茎をしごいた。何か会話をしないと、と思う。何か無害で、とりとめのない会話を。

僕はとっさに「デリバリーって、ひどい言葉だと思いません？」と口にする。

「どうしてですか？」と近藤さんが僕を見つめた。

自分が誤った道を進んでいる気がしながらも、僕は行くしかない、と覚悟する。

「なんか、人間を商品扱いしてるみたいで」

「室岡さんは、私が商品だと思ってるんですか？」

「まったく思わんけど、一般的な話」

「あんま気にしたことなかったな」と近藤さんが答えながら、優しく陰茎を撫《な》でた。こいつ、自分が敬語からタメロに変えたのをチンポ擦《こす》って誤魔化しやがって、と思って近藤さんを見ると、「ふふふ」と恥ずかしそうに笑ってからキスをして、舌を絡めてきた。いい。これでいい。少しむせて近藤さんの唾液を飲みこんでしまった。嫌な気はしないはずだ。なぜなら僕はお金を払ってここにいる客だからだ。客ということは、つまり僕は神なのだろうか。違う、ダメだ、余計なことを考えるな。僕は集中する。自分の股間に、物理的な快楽に。

彼女が右手で陰茎を握り、素早くしごくとそのまま射精した。「早いね」と近藤さんが笑う。風呂から上がるとベッドに直行した。きちんと録音できるようにスマホをベッドサイドのテーブルに置いてから、近藤さんの隣に寝転んだ、お互いの股間を触りながら何度かキスをする。

「室岡さんは何の仕事してるの？　筋肉質の体だけど」

「宅配便の配達だよ」と僕は答えた。

「へー！」と大げさに近藤さんが驚いた。「私、今日も昼間に荷物を受けとったの」

「何を受けとったん？」

近藤さんは「えーと」と少し言いよどんでから「アマゾンで買った本かな」と答えた。「私、読書が好きなの」

お前に届けたのは高級バッグやけどな、ブランド品を通販で買うやつにろくな人はいないと思うけどな、という思考が頭に入ってくると同時に、僕は「読書ってなんの意味があるん？」と聞いていた。自分でもあまりいい質問だとは思えなかったが、会話を続けるほうがずっと重要だ。

「だって、知識が得られるじゃん」

「知識ね」

「そう、知識。たとえばこうすると気持ちいい、とか」

近藤さんは竿の裏側を人差し指で撫でるように触った。

「アマゾンさんで買った本で学んだん？」

僕は乳房を揉みながらそう聞いた。近藤さんは「アマゾンさん？」と僕の股間を握った。

「お客様やからな」と僕は右腕を伸ばし、「こっちのアマゾンさんはどうなってるかな？」と言って近藤さんの股間に指を入れた。近藤さんが「ちょっと」と笑う。すでに湿っていた。しばらくお互いの股間を触り続けると、近藤さんは僕たちを覆っていたタオルケットを剝ぎ、僕の両腿にまたがった。股間を摑んで慣れた手つきでコンドームを装着し、口で舐めはじめる。しばらく舐め回してから再度「大きい」と言う。

それからしばらく無言でフェラチオをして、近藤さんは「挿《い》れて」と言った。木辺が言っていた通り、本番ができる店のようだ。

「思うんやけど」

僕は起きあがり、代わりに寝転んだ近藤さんの股間に先端を挿れながらそう言った。

「なんの話」と言いかけた途中で陰茎が最深部まで到達し、近藤さんは「あん」と高い声を出した。

思うんやけど、セックスと配達は似てる。僕はそれを口にしなかった。口にしなかったことで、口にしているのだと思った。どちらも送り主と受取人がいて、配達する荷物がある。預かった荷物は精子。僕は精子を配達する配達人だ。お待たせしました、精子のお届けです。なあ、これでいいやろ？

「僕たちは同業者なんかな」と僕はつぶやく。「わかんない」と近藤さんが苦しそうな顔で答える。急にアルコールが回ってきた。ベッドの周りがぐるぐると回転している。自分は酔っているのだろうか。酔っていない。仕事をしているだけだ。僕は運ぶ。神から神へ、神を運ぶ。演技なのか本気なのかはわからないが、近藤さんは喘ぐのに必死になっている。僕は配達している。昼も夜も。いや違う。これは配達ではない。僕は近藤さんに金を払っていて、僕の陰茎にはゴムが被せられている。僕の荷物はかならず未配になる。ああ、今日は未配が多かった。あの飲食店のオーナー、不在にしやがって。今日大量の荷物が届くって知ってたやろ。明日、商店街のルートを通るのが自分ならまだいいんやけど、明日は安田さんなんやって。安田さんの負担が増えるやろ。殺すぞ、インフルエンザウイルスを。運ばせろや、神を。神ってなに？わからない。わかるのは近藤さんにEカップの可能性があって、二十一歳ではないということ。あと、今親父が僕のベッドで寝てるということ。木辺は？　木辺はどこに行った？

喘ぐ合間の隙を見て、「カミ？」と近藤さんがこちらを見る。僕は近藤さんの疑問をピストンによって邪魔する。近藤さんの疑問は快楽の彼方に溶けていく。誰の？　僕の。僕。僕はとてつもなく不安になる。全宇宙から自分だけが疎外されたような気分になる。僕はなんだ。なんなんだ。

「神だ。君のアマゾンさんも、僕のゾゾタウンさんも」

僕はピストンを続ける。たった一人で。近藤さんは二つの大きな乳房を揺らしながら、僕の話に構うことなく喘いでいる。「悪いのはインフルエンザウイルスや。そうやろ？」

近藤さんが喘ぎ声の合間に「うん」とうなずいた。

「僕はちゃうけど、そうやって七百年間続いてきた。そうやろ？」

再び近藤さんが苦しそうな表情で「うん」とうなずく。

僕はピストンを速めた。絶頂が近づいていた。

射精の瞬間、近藤さんが「室岡さん！」と叫んだ。僕はなぜか「室岡です！」と叫び返して、二度目の絶頂を迎えた。

コンドームをゴミ箱に捨てると、二人でベッドに寝そべった。

「まだ時間は少し残ってるけど、どうする？」と近藤さんが聞いてきた。「もう一回する？」

「もう空っぽやわ」と僕は答えた。「三本目の矢は残ってへん」

実際に、僕は空っぽだった。自分の中のすべてが発送されたような気分になっていた。

「じゃあ、お話ししよっか」

近藤さんは僕にキスをして、乳首を弄《いじ》りながらそう言った。さすがに疲弊したのか、僕の股間はもう反応しなかった。

「なんの話をするん？」と聞くと、「じゃあ、さっきの話をしてよ」と近藤さんが笑った。

「さっきの話？」

「カミがどうのこうのってやつ。カミってヘアーのカミ？　それともペーパーのカミ？」

「そりゃもちろん、ゴッドの神よ」

「やっぱり」と近藤さんが笑う。「そうじゃないかって思ったの。私興味あるよ、神の話」

「何話したか忘れたわ。さっきは興奮してたから」

「興奮すると神の話をするの？　変わった人ね」

「小さいころからずっと親に聞かされてたからなあ」

「両親は何をしているの？」

「天皇に奉仕する仕事」

近藤さんが「へー、すごい！」と驚いた。「皇居で働いてるってこと？」

「そういうわけやないけどね。天皇の儀式でいろんなことをするんや。京都の八瀬ってところの出身やねん」

「京都市？」

「そう。知ってた？」

「京都は何度か行ったけど、知らない」と近藤さんが首を振る。

「八瀬の出身者は、ずっと昔から天皇家に仕えてきたんや。天皇が死んだら、その棺を墓まで運ぶ仕事。まあつまり、神を運ぶ一族ってわけ。天皇が神かどうかは別やけどね」

「へーなんかすごい。じゃあ、天皇の死体を運ぶためだけに生きてるの？　いつ亡くなるかもわからないのに」

「まあすごく大雑把に考えたら、そうかもしれん」

近藤さんは「へーすごい」と言う。何に対する「すごい」かは、わからない。

「ちなみに、君にとっての神って何？」

「えーなんだろ」と近藤さんは天井を見つめた。「バレンティンかな」

「ヤクルトの？」

「そう。バレンティンにサインもらったとき、泣いちゃった。でも、神っていうのとも少し違うのかな。バレンティンはバレンティンだし、神だったら三振も怠慢守備もしないし」

近藤さんはもう反応しなくなった僕の股間を触るのをやめ、両手を天井に向かって突きだした。

「なんか、そういうのってええな」と僕はうなずく。そういうのって、本当にいいと思う。

「バレンティン」と僕はつぶやく。「君はバレンティンにサインをもらって泣く。僕のオカンは、京都御所にやってきた天皇を見て号泣する。そういうのって、なんか真実の神っぽいな」

話しながら疲れ果てていたはずの股間が膨らむのを感じた。

「どうして？」

「なんやろ、うまく言えへんけど、神と邂逅《かいこう》する背後に現実の繰り返しがあるからじゃないかな」

「室岡さんは頭がいいのね」と近藤さんが言う。

室岡。僕は室岡なのだ、と思い返す。自分が室岡であることが、今は少しだけ心地よい。

「悪いよ」

「そうかな」と近藤さんが口にした瞬間、スマホから音楽が流れた。

「ミスチルやっけ」と僕はとっさに答えた。「曲名まではわからんけど」

「そう。『名もなき詩《うた》』。ごめんね、もう時間みたい」

近藤さんはベッドから出て手際よく下着をつけた。タイマーが鳴って時間が切れてしまうと、心なしか近藤さんが急によそよそしくなった気がした。手持ち無沙汰になった僕も服を着ることにした。

着替え終わると、近藤さんは会員カードに「ムロオカさん」という名前を書いて、「気持ちよかったし、お話も面白かった！　また会おうね♡　れいか」というメッセージを書いて僕に渡し、三枚の万券を受けとってあっという間に「じゃあね」と部屋から出ていった。

僕はそのままベッドに横たわった。急に頭が痛くなった。頭が痛くなるまで酒を飲んだのは久しぶりだった。自分はどうしてこんなところにいるのだろう。木辺と二人で飲んでいたはずだ。そういえば、木辺はどこにいるのだろうか、と考えながら、気がつくとそのままベッドでウトウトしていた。

パッと目が覚めてすぐ、僕は時間を確認した。録音の画面になっていた。僕は何を録音していたのだろう、と思う。慌てて録音を切り、時間を確認して安堵する。まだ六時半だ。これから急いで家に帰り、シャワーを浴びれば仕事に間に合う。

今日もまた、センターには数多くの荷物が届いているのだろう。それらを仕分け、積み直し、効率を考えてルートを選択する。明日も明後日も、僕はその現実の中を生きる。

二日酔いのぼんやりした頭を抱えて駅へと向かう。寒い朝だ。新宿駅には出勤中の人々が数多くいた。どことなく罪悪感を感じながら彼らに逆行し、小田原行きの電車に乗る。スマホが鳴った。木辺だろうと思った。昨日は木辺と一緒に飲んでいた。そして僕はラブホテルで朝を迎えた。近藤さん、という名前が頭をよぎるが、僕はそれについて深く考えないようにしようと思った。とにかく今は疲れているし、頭も痛かった。スマホを開くと、父からメッセージが来ていた。

「皇居の近くで散歩したいしぼちぼち家出るわ。今日は宮内庁行って夕方のバスで帰る。鍵は元の位置に戻しといた」

僕はすぐに返事を書こうとしたが、言葉が出てこなかった。何を書くべきか考えているうちに梅ヶ丘に着いてしまい、僕は慌てて電車から降りた。何かを考えるのは、配達を終えてからにしよう、と思う。曇り空に警笛が響き、急行が通過していく。僕はスマホの画面を開いたまま、対岸のホームで新宿行きの電車を待つ人々の列を眺めた。そこには無数の父がいるような気がした。父たちはみな、眠そうな目をこすりながら白い息を吐いていた。

スメラミシング

高校生のころ、必要のない電車に乗るために、何度か母に「朝練がある」と嘘をついた。まだ暗いうちに家を出て、自転車で新検見川《しんけみがわ》駅に向かい、始発の総武線各駅停車に乗る。津田沼駅で総武線快速に乗り換え、東京駅から京葉線で折り返す。早朝の車内はいつも空《す》いていた。進行方向に向かって左手の席をいつも選んだ。海側が見える席だ。写真に収めて自慢するような景色ではない。ただゆっくりと、時間とともにぼんやり明るくなってくる。停止した葛《か》西《さい》臨海公園の観覧車を、頭の中でゆっくり回転させてみる。薄明かりの中で、無人のディズニーランドを眺める。シンデレラ城の上に広がる橙色《だいだいいろ》の空を見る。電車に並走する車のフロントガラスが輝き、駅に向かって足早に歩くサラリーマンが白い息を吐く。

蘇我駅で内房線に乗り換える。千葉駅から総武線快速で稲毛《いなげ》駅まで乗って、そこからバスで高校に向かう。到着するころには、ちょうど朝礼の時間になっている。

通勤ラッシュの時間はとっくに過ぎていたので、車内はさほど混雑していなかった。僕は扉の前でスマホを取りだした。ドアが閉じて、ゆっくりと発車する。十両編成の細長い車両が、二本の細い針の上を滑らかに加速していく。金属と金属が擦《こす》れあう高い音がする。トトン、トトンという振動を足の裏で感じる。夜勤明けの重い瞼《まぶた》を開き、日光が外の景色に溶けていくのを待つ。こうやって、ときどき意識的に景色を眺めた。何百回、何千回と乗った電車だし、特筆すべき景色でもない。感心することも感動することもないが、少なくとも眺めている間は他のことを考えなくてすむ。電車が稲毛駅から離れていく。東関道《とうかんどう》の高架をくぐるとき、日陰の暗闇が冷たい。線路沿いの一軒家が目の前を流れていく。適当に選んだ家に目を凝らす。軒先に置かれた子ども用のプールに日差しが反射している。手前に置かれた三輪車のハンドルがこちらを向いている。そうやって切りとられた景色も、やがて僕から離れていく。

スマホをポケットに入れて、ゆっくり瞬《まばた》きをする。ブレーキの音とともに電車が減速していき、ついには停車する。扉が開いて、島式ホームの日陰で冷やされた外気が首の隙間から全身へ流れる。「新検見川、新検見川」というアナウンスが聞こえる。横に立っていた女子高生が降車する。「ドアが閉まります。ご注意ください。次の電車をお待ちください」

降りなければならないが、粘土色の床が両足にしがみついているようで体が動かない。

扉が閉まる。僕は最寄り駅をそのまま通過する。ポケットでスマホが震えている。母からの電話だろう。僕はただ、車窓から外の景色を眺めている。

＊

待ち合わせていた喫茶店に入って店内を歩きまわった。純喫茶風のチェーン店で、まん延防止等重点措置の期間中だったが、それなりに賑わっていた。店内の構造のせいか、奥まった場所にあった座席だけ違う種類のテーブルと椅子が使われていたのが気になった。ぐるりと店内を一周し、入口の近くを歩いているときに女性の声がした。

「タキムラさん？」

「そうです」とうなずきながら、私は彼女の向かい側の席に座った。

「イソギンチャク@白昼夢です」

「はじめまして」

タキムラです、と続けそうになって我慢した。「タキムラ」は本名ではなく、自分の口で発するのに少しだけ抵抗があった。

「はじめまして。もしかして、店内を探しちゃいました？」

「はい」と私は嘘をついた。本当は、店に入った瞬間にイソギンチャク@白昼夢さんがこの席に座っていることに気づいていた。広い店内で、マスクをしていなかったのは彼女だけだった。自分から呼びかけたくなくて、気づかなかったふりをした。

彼女は「前からタキムラさんとお話ししたかったんですよ」と話をはじめた。私はなんとなく耳を傾けながら、彼女のことをどう呼べばいいのか考えた。できれば「イソギンチャクさん」と口にしているのを周りの席の人に聞かれたくはない。だからといって、他の適切な呼び方も思いつかない。もちろん彼女の本名も知らないし、知りたくもない。

「昔から味覚が敏感で、他の人にはわからない『毒素』を感知することができたんです」

簡単に自己紹介をしてから、イソギンチャクさんはそう言った。こうやってネットで知り合った人と会うのに慣れているのか、本題に入るのが早い。

小学生のころ、塾の帰りに惣菜屋で買ったコロッケを食べて、舌に電流が走ったこと。それから頻繁に同じ現象が起こったこと。スーパーで買った野菜を食べるといつも舌が痺《しび》れたこと。十八歳のとき、不安になってネットで詳しく調べ、農薬が原因だと気づいたこと。ベトナム戦争で枯葉剤を作ったモンサント社が、その見返りに除草剤の臨床データを政府ぐるみで改竄《かいざん》していたと知ったこと。モンサント社は種子の市場を陰で独占し、農薬や遺伝子組み換え作物を使って、人々を洗脳するナノマシンを植えつけていること。暗黒政府は、ナノマシンを通じて人類を支配しようとしていること。自分が「覚醒」したのは、ナノマシンの味がわかったおかげであること。コロナは、ナノマシンの入ったワクチンを全人類に投与するために人工的に開発されたウイルスであること。両親も兄弟も自分の話を一切理解してくれず、SNSにしか同志がいなかったのに、ツイッター上の覚醒者が次々とアカウントを凍結されていること。それもこれも、すべて暗黒政府の陰謀であること。

「病気になると錠剤より注射の方が効くでしょ？　遺伝子組み換え作物に含まれているナノマシンを、今後は直接血管に流しこもうという計画なんです」

イソギンチャクさんは何か返答を求めるように、こちらを見つめた。

私は「なるほど」とうなずいた。ようやくやってきた店員にアイスティーを注文し、イソギンチャクさんがテーブルの上に無造作に置いていたマフラーを畳んで端に置いた。

「あ、すみません。邪魔でした？」

「いえ、私が直したかっただけです」と答えながら、我慢しろ、と自分に念じた。奥の座席だけ、違うテーブルを使っていたことが、ずっと気になっていた。

「タキムラさんの意見が聞きたいんです」

イソギンチャクさんはそう聞いてきた。

「なんの話ですか？」

「ワクチンのことです。タキムラさんが自分の意見を言っているイメージがないので」

「私の意見なんてありません」

私はそう答えた。「私の仕事は、さまざまな情報を集めて、みなさんの判断材料を増やすことです。イソギンチャクさんのように、ワクチンの中に何かが仕込まれていると考えている人もいますし、そういうわけではないが、安全性が保証されていないと考えている人もいます。ワクチン接種後に死亡した人などの実例もあります」

「たしかに意見が分かれる部分だと思います」

「新型コロナウイルスに関しても、人工ウイルスだという説もあれば、そもそも存在していないという説もあります。存在しているし、自然発生したウイルスだけど、危険性がない、という考えの人もいます」

「新型コロナが人工的に開発されたウイルスであることを示すフィンガープリントは、イギリスのダルグリッシュ教授の研究によって明らかにされています。タキムラさんはダルグリッシュ教授の論文のこと、知っていますか?」

「ええ、もちろん。英語は読めないので、原文にあたったわけではないですが」

「大丈夫です。いろんな人が翻訳し、わかりやすくまとめてくれています」

「そうですね」

「メディアはこの事実すら報道しようとしません。すでに世界中のメディアがモンサント社や暗黒政府の手の中にある証拠ではないでしょうか。スメラミシングもそのことを繰り返し警告していました」

「正確には違います」と私は否定した。「スメラミシングはコロナやワクチンやパンデミックといったもののすべてが『マスタープラン』の一部であることと、その証拠が今後暴かれていくだろう、ということを仄《ほの》めかしただけです」

「『マスタープラン』とは、暗黒政府が世界を支配するために立案した『三十三段階計画』のことで、『証拠』とはダルグリッシュ教授の研究結果のことです」

「決めつけるのは早計です。スメラミシングが暗黒政府や三十三段階計画の存在を認めた証拠はありません。彼はただ、『マスタープラン』としか言っていません」

「それはそうですが――」

「――スメラミシングはこうも言っています。『《乗客》たち。同じ箱の中で争うな。行き先は同じ』」

イソギンチャクさんは「早計でした」と頭を抱えた。「私としたことが、タキムラさんの前でスメラミシングの講釈を垂れてしまうなんて愚かなことを」

人間が頭を抱えるのを見たのは初めてかもしれない。素直な人だな、と思った。

店員がやってきて、アイスティーを私の前に置いた。ストローをさすと、袋が空調の風でテーブルから飛んでいった。私はテーブルの下に潜ってストローの袋を拾い、角に置いたが、再度袋が飛んだ。

「どうしました?」とイソギンチャクさんが聞いてきた。私は「大丈夫です」と答えた。ストローの袋がどこにいったのか、気になって仕方なかった。

気を逸《そ》らすため、私は「ちなみに、ナノマシンはどんな味がするんですか?」と聞いた。

＊

千葉県の駅を東京都内の駅に喩《たと》えてみる。千葉駅は東京駅か新宿駅だ。利用者の多いターミナル駅だし、房総半島へ向かう電車の乗換駅でもある。船橋駅は近くに公園があるので上野駅。柏《かしわ》駅は茨城県民も多く利用するので、埼玉県民が利用することの多い池袋駅と似ているかもしれない。津田沼駅は御茶ノ水駅に近いだろうか。駅前に多くの予備校があるし、大学もある。津田沼は大きな駅だ。総武線快速が停車する。京成本線、京成千葉線、新京成線の乗換駅でもある。津田沼が乗換駅として発展したのには理由がある。戦前、津田沼には陸軍の鉄道第二連隊の施設があった。戦時における線路の敷設、撤去や機関車の運転などを演習していたという。当時の演習線の一部が戦後に払い下げられ、新京成線として利用された。図書館で本を借りて、総武線の歴史について調べたときに知った。大きな駅には、その駅が大きい理由がある。

電車は津田沼を過ぎ、東船橋に向かっていた。

東船橋駅は島式ホーム一面二線の小さな駅だ。駅が小さい割に立派なロータリーがあるのは、四十年ほど前に開業したばかりの新しい駅だからだ。

東船橋駅には長田《ながた》が住んでいた。高校二年生のときのクラスメイトだった。

高校二年生の春休み前、長田から一泊二日の旅行に誘われた。それほど仲がよかったわけではなかったが、英会話の授業で「鉄道が好きだ」という自己紹介をして以来、ときどき鉄道の話をしたことがあった。

長田は僕に「青春18きっぷを使って長野へ行き、小海線《こうみせん》に乗る」という計画を話した。青春18きっぷは五枚綴《つづ》りなので、一緒に行ってくれる人を見つける必要があったようだった。僕は

「行きたい」と言った。小海線は野辺山《のべやま》駅を通る路線として有名だ。野辺山駅はJRの駅で最も高い位置にある。ネットで八《やつ》ヶ岳《たけ》の山麓《さんろく》を通過する小海線の写真を見たこともあった。その場所に自分が行くことを想像してみた。雪の冠をかぶった八ヶ岳連峰を望みながら、高原野菜の畑の間を縫っていく。千曲《ちくま》川沿いの田園地帯を進み、一面の緑の中を走り抜ける。

僕たちは放課後の教室で、時刻表と路線図を眺めながら計画を練った。初日に中央本線で小《こ》淵沢《ぶちざわ》駅へ行き、小海線に乗る。どのポイントで写真を撮るべきか、そのためにはどちら側の座席にいるべきか。そんなことまで考えた。

野辺山を出たあとは、上田を経由して上田電鉄別所《べっしょ》線で別所温泉へ向かう。別所温泉で一泊してから高崎を経由して、北回りで帰ってくる。それぞれが沿線の乗りたい路線をピックアップして、どの列車に乗れば間に合うか計算した。完璧な計画だった。

母に旅行のことを切りだしたのは、旅行のちょうど一週間前だった。母の調子がいいタイミングを見計らって、慎重に切りだした。

計画をすべて伝える前に、「いいじゃない」と母は言った。「あんたももう、一人で旅に出る歳になったのね」

友だちと一緒に行く、という話はしなかった。僕に友だちができたと知れば、母は不機嫌になる。ここ数年はずっとそうだった。その日の母はとりわけ機嫌がよくて、旅行代として一万円を渡してくれた。

母の気が変わったのは出発の前日だった。最初、母は「本当に、一人で長野に行くの?」と言ってきた。僕は正直に「友だちと旅行をする」と答えた。「友だち」という言葉が出て、母の態度が急に変わった。

「その友だちとは、いつから仲がいいの? 私、何も聞いてないんだけど」

「最近」

「本当に友だちなの?」

「それは、向こうに聞いてみないとわかんないけど」

「それで、なんのために旅行をするの?」

「景色が見たいからだよ」

「景色? 景色なんかに興味があるの?」

「うん」

「やっぱり、私には信じられない」と母は言った。「旅行はやめなさい。きっと、ろくなことにならない」

僕は少し迷ってから「旅行には行くよ、ごめん」と口にした。

「本気で言ってるの?」

「本気だよ」

言葉を失ったのか、母はしばらく唖然《あぜん》としていた。そうやって母に反対されても、僕が意見を変えなかったのは初めてだった。何秒か経ってから、母はキッチンまで無言で歩いていって包丁を取りだした。

「わかった。やっぱり、もうあんたと一緒に死ぬしかない」と母は僕に包丁を突きつけた。

僕は慌てて逃げだして、家の外に出てから叔母に連絡した。電話を受けた叔母は「もうウチには関わらないでほしいって言ったじゃない」と言った。それでも僕は、「どうしようもないんです」と助けを求めた。

結局、叔母が警察に電話をしたようで、十五分くらいしてパトカーがやってきた。僕は玄関のドアの外から長田に電話をかけた。

「ごめん、明日の旅に行けなくなった」

長田に事情を聞かれたが、説明することはできなかった。

母はそのまま一週間ほど入院した。戻ってきてから、母は僕に謝った。「いろんなことを考えすぎちゃったの」と母は語った。

「もう二度とあんなことはしないし、もう少しあなたを信じてみる。約束する」

高校二年の春休みが終わるとクラス替えがあり、長田とは違うクラスになった。一度だけ、帰宅中のバスの中で少し話をした。長田は進学組で、受験勉強を始めたと言っていた。僕は就職組だったので、いくつかの鉄道会社を受けてみるつもりだと言った。稲毛駅で、予備校に向から長田と別れた。それ以来、彼とは一度も話していない。一緒に旅に出ることができていたら、僕たちの関係も変わっていたのだろうか。何度か、そんなことを考えたことがある。

＊

ＳＮＳ上で知り合った人と会うのは、イソギンチャクさんで二度目だった。一度目に会ったのは「闘う医師@コロナはただの風邪」さんだった。彼は三十代の男性で、本物の医師だった――少なくとも私にはそう見えた。目の前で水色の医師資格証を見せてもらった。

彼は西洋医学と闘っていた。研修医時代、予防接種後に体調を崩し、ほとんど心停止に近かったところで九死に一生を得て、「断薬主義」と「東洋医学の復権」に目覚めた。それ以来、「あらゆる医薬品、ワクチンは体に毒である」という考えを広めていた。彼は反ワクチンデモを主催しようとしていて、大人数を動員するためにスメラミシングの名前を使いたいと考えていた。どうすればスメラミシングのお墨付きをもらえるかを話し合うために、私を含む四人で集まった。

彼はとにかく真剣だった。なんとしてでも人を集めたいと考えていたし、人を集めることでしか世界を変えることはできないと信じていた。

「このままでは、人類は薬漬けになります」と彼は言った。「その結果、薬の効かない新しいウイルスが発生するのです。人間が本来持っている免疫力で十分なんです」

私は彼の真剣さを信じてスメラミシングにＤＭを送ったが、スメラミシングから返答はなかった。

反ワクチンデモはスメラミシングの力を借りずに開催することになったが、それでも二百人が集まった。

「一年以内に、二万人に増やします」

デモを終えたあと、闘う医師さんはそう言っていた。


「ナノマシンには米国製とドイツ製とロシア製と中国製があって、どれも微妙に味が違います」

イソギンチャクさんはそう説明した。「どう違うんですか?」と私は聞いた。

「米国製は舌がピリピリする感じです。辛いのとも苦いのとも違います。舌先に微弱な電流が走るんです。ドイツ製は苦味とエグ味が強いです。ロシア製は電流が強く、ミントというか、人工的なスースー感があります」

「中国製は?」

「ナノマシン本来の味に近いです」

「ナノマシン本来の味」

「そういう味がした経験ってありませんか?」

「あるかもしれませんが、どうしてそれがナノマシンだってわかるんですか？」

「私と同じような経験をしている人が調べた結果、そうわかったんです。もちろん、私のように製造国までわかる人はあまり多くありません」

「ソムリエですね」

「たしかに、そういう側面もあるかもしれません」とイソギンチャクさんはうなずいた。きっと誰しも、何らかの分野のソムリエなのだ。私はそう考えている。では、私はなんのソムリエだろうか？　私には何の味がわかる？

私はここ最近、さまざまな考えを持つ人々と交流を持つようになった。イソギンチャクさんのように農薬系の人もいれば、闘う医師さんのように断薬系の人もいる。フリーメイソン系、子宮系、ホメオパシー、新世界秩序系、財閥系、ケムトレイル、電磁波。

私はたぶん、「世界を変えようとしている人」のソムリエだ。ワインのソムリエが、一口飲んだだけで「何年前、どこの産地で、どの畑で作られた葡萄《ぶどう》か」を当ててしまうように、ツイッターアカウントを見れば、その人が「どんな経験をして、何を信じられなくなって、どのように世界を変えようとしているのか」を、大まかに予測することができた。

私は学生のころからずっと、世界を変えたかった。

小学二年生のとき、学校で配られたプリントのサイズが違うことが気になって、丁寧に裂いてサイズを統一した。母に「プリントを破ってはいけません」と言われたが、プリントを裂く癖は治らなかった。四年生のある日、ランドセルに入れていた教科書とノートのサイズがバラバラなことが気になって、ハサミですべての大きさを合わせた。母は私を病院に連れていこうとしたが、父が反対した。私は自分の部屋に置いてあったすべてのプリントと本、計算ドリルの大きさも揃えた。Tシャツのサイズも合わせようとしたところで母がやってきて、私からハサミを取りあげた。私の部屋からさまざまなものが撤去された。最後には、部屋の中心に置かれたベッドと、窓際の学習机だけになった。

自分でも何が気に入らないのかよくわからなかった。ある日突然、それまで気にならなかったものの順序やサイズがバラバラなことが許せなくなって、夢中で揃えていた。プリントや教科書を裁断しなくなったのは、A4やB5といった規格の存在を知ってからだ。もともとのサイズに規格があると知って、私の発作は止《や》んだ。

何も置かれていない部屋で、私は高校生になった。

「世界を変えたい」と考えはじめたのは、そのころからだと思う。私は世界のすべてのシステムが崩壊し、一から綺麗に作り直すことを夢想しはじめた。本心をいえば、どちらかというと「世界を破壊したい」という願望だったが、口にすると角が立ちそうだったので、言葉を変えることにした。

何度か、人前で「世界を変えたい」と口にしてみた。あるときは「何それ？」と笑われた。

「本気で言ってるの？」と心配されたこともあった。一番腹が立ったのは、「ああ、そういう時期って誰にでもあるよね」や「若いっていいよね」などと言われたときだった。

大学を卒業してから、一度だけ「どう変えたいの？」と聞かれたことがある。私なりに精一杯説明したが、うまく伝えることができなかった。「ゲームのラスボスみたいだね」と笑われた。

家に帰ってから私は文章を書いた。世界の何が間違っているのか。世界がいかに複雑で矛盾していて、規格が揃っていないか。何を変えれば、その間違いを正すことができるのか。誰にでも伝わるように書こうと努力した。

私は「タキムラ」というツイッターアカウントを作った。私が考える世界の間違いを列挙し、どうすれば変えることができるかを考えた。ネット上には、真剣に世界を変えようとしている人がたくさんいた。私はそういった人を見つけ、フォローして引用リツイートをした。

そうやって二年ほど地道にフォロワーを増やし、二千人ほどになったころ、相互フォローをしたのがスメラミシングだった。プロフィールには「世界を変える」とだけ書かれていた。当時のスメラミシングのフォロワーは十数人だった。そのとき目に入ったのは次のようなツイートだった。

「なぜ人間には右手と左手があるのか？　右手と左手は違ったものだが、もたらす結果は同じだ。右手と左手に指令を出しているのは誰？　どこのドイツ人？」

率直に言って意味がわからなかったというか、つまらないと思った。人間に右手と左手があるのは進化前の猿に右手と左手があるからで、猿に右手と左手があるのは陸に上がる前の魚に胸びれが二つあるからだ。最後に唐突にダジャレが出てくるところもつまらない。こんな呟きではフォロワーを増やして注目を浴びることもできないし、もちろん世界を変えることもできない。

そのツイートに、スメラミシングの数少ないフォロワーの一人が「下ネタですか？」とリプライをしていた。たしかにそう読むこともできる。だが、別の解釈もありえる、と私は思った。スメラミシングのツイートがあまりにもつまらなくて腹が立っていた。腹が立つとツイートをしたくなる。私は憂さ晴らしのつもりで以下のようにツイートした。

「右手とはつまり右翼であり、左手とはつまり左翼である。そして右翼は全体主義に行きつき、左翼は共産主義に行きつくが、歴史的にどちらも問題を生みだした。実は、世界には右翼と左翼の争いを指揮している隠れた存在がいる。そしてその存在は右翼と左翼をアウフヘーベンした弁証法的社会思想を手にしている（アウフヘーベンとは「ドイツ」人哲学者ヘーゲルが提唱した概念である）」

そのツイートがそれなりにリツイートされ、私のフォロワーが増えた。どういうわけか、私はスメラミシングと相性がよかった。スメラミシングが支離滅裂なツイートをする。私はそれを自分の力でなんとか整える。彼のツイートを整えている間、頭の中はそのことでいっぱいで、他のすべての違和感を気にせずにすんだ。そんなことを繰り返すうちに、私とスメラミシングのフォロワーは徐々に増えていった。しばらくすると、私の真似をしてスメラミシングの解説をする人も出てきた。そういった人は「バラモン」と呼ばれた。私はバラモンの第一人者であり、スメラミシング学の専門家だった。いつの間にか、そういう立場になっていた。

彼（スメラミシングの性別はわかっていないが、便宜的に「彼」と呼ぶ）は毎日のように、曖昧で支離滅裂で抽象的なツイートをした。狙っているのかわからないが、彼のツイートにはかなり広い解釈の余地があり、何人かのバラモンが自分の主観的な考察を述べた。頻繁に出てくるキーワードは「マスタープラン」、「《彼ら》」、「覚醒者」、「梁山泊《りょうざんぱく》」、「真理」などだった。

スメラミシングが急激に有名になったのは去年の夏だ。

「０７２１。マスタープランによって仕込まれた運動。しかし、そこにあるのは虚無」

当初、このツイートは一人のバラモンによって「『０７２１』とはオナニーのこと。『マスタープラン』とはマスターベーションのことで、『仕込まれた運動』とはシコるということ。つまり、オナニーを終えたあとの虚無について述べている」と解説されていたが、一年後に東京オリンピックが開幕するころに再発掘された。

新たな解説によると、「０７２１」とはオリンピックの開幕日で（正確に言うと開幕日は七月二十三日だったが、二十一日には開幕に先駆けてサッカー女子とソフトボールの試合が行われた、ということでゴリ押しされた）、「マスタープランによって仕込まれた運動」とは（ディープステイトの一員である）バッハ会長が主導した東京オリンピックのことで、「そこにあるのは虚無」とは無観客開催のことだとされた。つまり、スメラミシングは開幕の日付を予言していた。東京オリンピックが延期されることや、無観客開催であることも正確に知っていた。普段から彼の無意味なツイートに触れてきた身からすると、到底予言には見えなかったが、ともかく彼のフォロワーは爆発的に増えた。

そして、そのあたりから雰囲気が変わった。スメラミシングは「ネタ」の対象ではなく、「崇拝」の対象へと変わっていた。スメラミシングは、自分の言葉を信じる人を《乗客》と呼びはじめた。

＊

夜勤明けに電車に乗っていると、自分だけ別の乗り物にいて、誰もいない世界に向かっている気分になることがある。もちろん、周りには通勤や通学中の乗客がいる。でも、彼らや彼女らは僕とは違う。僕の一日は終わりかけているが、彼らや彼女らはこれから一日が始まる。これから良いことや悪いことを経験する。悩んだり怒ったり、喜んだり悲しんだりする。同じ空間にいても、同じ電車に乗っているとは限らない。

高校二年生の春休み、あのとき長田と一緒に旅をすることができていたら、もしかしたら

——そんなことを考えてしまう。あの電車はきっと、僕にとって「世界」へ到着するための終電だったのだ。僕は終電を逃してしまった。もう間に合わない。

電車は市川を発車していた。江戸川を渡ると東京都に入る。

総武線の車内から江戸川で打ち上げられた花火を見たのは、高校三年生の夏休みだった。ビルやマンションが、ぼんやりと銀色に光っていた。その隙間から、小さな光の欠片《かけら》が尾を引いて夜空へ向かい、無数の火花が散らばった。空に浮かんだ光に照らされて、江戸川の水面が赤や黄色に輝いた。河川敷は人々であふれ、それに対して冷房の効いた車内はがらがらに空いていた。スマホの電源を入れ、慌てて花火の写真を撮った。市川駅で停車している間に、撮影した写真を確認した。分厚い雲のように広がった煙の上から、鮮やかな光の軌跡がのびていた。悪くない写真だったが、窓に自分の顔がうっすらと反射していることに気がついた。少し迷ってから、僕は写真を消した。

その日、僕は野辺山駅まで一人で行っていた。

長田と一緒に行くことはできなかったが、野辺山にはどうしても行っておきたかった。反対されるのが嫌だったので、今度は母に何も言わなかった。物音を立てないよう気をつけながら早朝に家を出た。総武線各駅停車に乗り、御茶ノ水で中央線快速に乗り換えて、高尾へ向かった。向かいにはお揃いのマウンテンパーカを着た四人家族がずっと座っていた。みんなで高尾山に登るのだろう。八王子を過ぎたあたりで、母から電話がかかってきた。無視していても、ポケットの中でスマホがずっと震えていた。僕は電源を切った。

高尾から中央本線に乗り、昼前には小淵沢駅に到着した。道の駅まで歩いて昼ご飯のそばを食べた。小海線のホームで車両の写真を撮ろうか迷ったが、スマホの電源を入れたくなかったので諦めた。

長田が貸してくれて、そのまま借りっぱなしになっていたガイドブックにはいろんな情報が書いてあった。小海線は非電化でディーゼルエンジンを使っているゆえ、正確には「電車」ではないこと。野辺山駅の標高が約一三四六メートルであること。八ヶ岳は火山列で、一番高い峰である赤岳《あかだけ》の標高は二八九九メートルであること。

野辺山駅で下車し、JR最高地点の石碑まで三十分ほど沿線の道を歩いた。石碑を眺めている間に、同じ電車に乗っていた二人組の観光客がやってきて「記念写真を撮りましょうか?」と聞かれた。僕は「すみません」と首を振った。なんだか恥ずかしくなって、そそくさと近くの神社を参拝してから駅に戻った。

長田との旅行では野辺山から上田へ向かう予定だったが、その日のうちに帰らなければならなかったので僕はそのまま引き返した。市川駅の手前で、花火の写真を撮るためにスマホの電源を入れた。母からの不在着信が三十件ほど溜まっていた。母は、いつも僕がどこにいるか、何をしているかを知りたがった。

帰宅した瞬間、母が包丁を持って待っていたらどうしようか。そんなことを考えてみた。別に刺されてもいいと思った。どうせ、叔母に電話したところで意味はない。バケツリレーのように警察へ連絡が行き、家にパトカーがやってくるだけだ。次に警察沙汰になれば、部屋から出ていってもらう——大家からはそう釘を刺されていた。

帰宅すると母は薬を飲んで眠っていた。翌日、「昨日どこで何をしていたの?」と聞かれた。僕は野辺山に行っていた、と正直に答えた。

「一人?」

「うん、一人」

「そう。お金はどうしたの?」

「貯めてた」

「そう」と母はうなずいて、それ以上何も聞いてこなかった。

高校三年生の夏休みが終わってから、僕はいくつかの会社を受けた。その中には鉄道会社も含まれていたが、結果としてすべて落ちた。他にもいくつもの会社を受け、どこも最後には落とされた。

「ダメだった」と伝えると、いつも母はホッとしたような表情を浮かべた。母は僕の就職活動に反対していた。よく「家にいなさい」と言っていた。

「あなたみたいな人が働いても、どうせろくなことにならないの。私が全部面倒を見るから、外で他人と関わろうとしないで」

それでも僕は就職活動をやめなかった。いつか家から出たかった。母から逃げだしたかった。そのためには、働かなければならないとわかっていた。機嫌がいいときは、母も理解してくれた。

「もちろん、あなたが働きたいという気持ちもわかる」

年が明けてようやく、千葉駅近くのビジネスホテルが内定を出してくれた。内定を伝えると、母は一晩中泣き続けてから「どうせすぐ辞めることになるわ」と言った。

夜番の社員が四人、アルバイトが八人で、シングルが五十室、ツインが五十室、その他が十室ほどの中規模のビジネスホテルだった。主な仕事は受付業務で、チェックイン、チェックアウトと予約の管理、夜間の見回りなどだ（食事や客室清掃などは別の業者が担当していた）。

覚えることは多かったが、先輩たちが優しく教えてくれた。夜の八時に昼番から仕事を引き継ぎ、朝の八時に昼番に仕事を引き継いで退勤する。二回に一回、「寝番」という睡眠がとれる回があり、そのときはバックヤードで四時間眠ることができる。

支配人は背が低くて痩せ型で、いつも皺《しわ》一つない紺色のスーツを着ていた。よくダジャレや冗談を口にし、笑顔を絶やさない人だった。何回目かの出勤日、チェックイン作業で僕がミスをしたとき、支配人は「笑ってみてください」と言った。「スタッフの笑顔が何よりも大事MANブラザーズですから」

僕は必死に笑顔を作ってみた。支配人は「強張《こわば》ってますよ」と笑った。支配人は自然な笑顔だった。少なくとも僕にはそう見えた。

「これから笑顔の練習をしていきましょう」と支配人が言った。

「すみません」と僕は謝った。

＊

イソギンチャクさんはスメラミシングの熱心な《乗客》だったから、バラモンである私のことをフォローしていた。農薬界隈ではそれなりに有名な情報発信者で、フォロワーも五千人くらいいる。

彼女からＤＭがあったのは三日前だ。「デモの前にお茶でもしませんか」という誘いで、私たちは新宿の喫茶店で会うことになった。彼女は大規模ノーマスクデモに参加するため、夜行バスで地元の岡山から新宿へやってきたばかりだった。デモは今日の正午から新宿で開かれる予定で、スメラミシングをフォローしている数多くの有名アカウントも参加を表明していた。

イソギンチャクさんは想像していたよりもずっと若かった。私は勝手に四十代女性だと想定していたが、実際には二十代前半で、おそらく私と同年代だろう。

あと三十分ほどで、MAKKUn67さんの新幹線が品川に着くという。MAKKUn67さんについてはそれほど詳しくないが、イルミナティ関連のツイートをしている人だということは知っていた。イソギンチャクさんと同じく地方に住んでいて、東京に慣れていないため、デモの前に待ち合わせることにしたそうだった。

イソギンチャクさんの話は止まらなかった。彼女は実家で暮らしているそうだが、同居している両親と姉と弟は完全に洗脳されてしまっており、数々のエビデンスを積み重ねても聞く耳を持たないどころか、先日は「精神科へ行かないか」と言われたらしい。

どれだけ言っても母親が近所のスーパーで農薬入りの野菜を買ってくるので、自宅でハンガーストライキをした結果、自分にだけ無農薬野菜を使った別メニューの料理を出してくれるようになった。

「いいお母さんですね」と私は言った。「イソギンチャクさんの食事のためにわざわざ手間をかけてくれていますし」

「みんなのことはとても大切で、家族だけはどうしても救いたいんです。なのに、みんなが農薬漬けになっていくのが辛くて。どうすればいいと思いますか？　どうすれば私の言うことを信じてくれるのでしょうか？」

「イソギンチャクさんとイソギンチャクさんの家族は、同じ世界に生きていながら、それぞれ違った景色を眺めています」

「はい」

「違う景色が見えている人に、何を言っても無駄です」

「では、どうすれば……」

「世界を変えるしかありません」

イソギンチャクさんはまっすぐこちらを見つめながら、テーブルの上で組んでいた私の両手を握った。

「変えましょう」

＊

社会人一年目の夏、大井川鐵道井川線《おおいがわてつどういかわ》――通称「南アルプスあぷとライン」に乗った。東海道本線で静岡までやってきて、千頭《せんず》駅のホームで車両の写真を撮っていると、一人旅をしていた年配の男性に話しかけられた。別の鉄道ファンに話しかけられたのは初めてではなかったが、いつも僕がすぐに「すみません」と謝って、それ以上会話が続かなかった。

その年配の男性は、僕が「すみません」と口にすると、「何を謝っているんですか？」と聞いてきた。

「すみません」

僕がそう繰り返すと、彼は声をあげて笑った。

井川線の車内で男性と話をした。彼は「死ぬまでに国内すべての路線に乗るのが目標だ」と言った。残りはあと十一路線だけらしい。途中で、「君はどうして鉄道が好きなの？」と聞かれた。

僕はどう答えればいいのかわからず、質問に答える代わりに「どうして鉄道が好きなんですか？」と聞き返した。

「理由があるからだね」と彼は答えた。

「理由？」

「たとえば、この鉄道はアプト式という方式を採用している。二本のレールの中央に歯形のレールを敷いた方式だ。アプト式を採用しているのには理由がある」

「どういう理由ですか？」

「普通の鉄道は、鉄のレールの上で鉄の車輪を回転させて、その摩擦で走っている」

「はい」

「どうして鉄の車輪と鉄のレールを使っているのかというと、エネルギー効率がいいからだ。たとえば自動車はゴムでできたタイヤを使う。ゴムは接地面で凹《へこ》むから摩擦が大きく、エネルギー効率はそこまでよくない。だが、そのおかげで急ブレーキをかけることができる。鉄のレールと鉄の車輪を使った鉄道は、この摩擦がとても小さい。だから急に加速したり、急に減速したりすることはできないけれど、一度スピードがつくと、少ないエネルギーで重い車体を効率よく走らせることができる」

「はい」

「でも、そのせいで鉄道は坂道にとても弱い。つるつると滑ってしまうから、多少の勾配でも進むことができなくなってしまう。だから、山岳鉄道ではアプト式が必要になる。歯車を噛み合わせることで、車体を安全に引きあげていく」

「なるほど」

「君は、井川線を運営する大井川鐵道の『鐵』の字が、どうして旧字体なのか知っているか？」

「知りません」と正直に答えた。

「新字の『鉄』という字は、『金を失う』と書くだろう。縁起が悪いってことで旧字体を使っているんだ。他にもそういう鉄道会社がいくつも存在する」

「そうだったんですか」

「鉄道には理由がある。一見、無意味なルートを通っている路線にも、その路線ができた経緯がある。誰が使っているのかわからない駅にも、その駅が誕生した理由がある。動力にも、線路の幅にも、時刻表にも、すべて理由がある。世界にも理由があればいいのにな、といつも思うんだ」

旅行から帰ったあとも、何度かそのときの会話を思い出した。

その年のクリスマスに、母が「プレゼントとしてほしいものって何かある？」と聞いてきた。ここ数年、プレゼントなんてもらったことはなかった。どういう意図なのかわからなかった。僕は「理由がほしい」と言った。母が、僕に突然プレゼントを渡そうと思った理由がほしかった。いつも、何の前触れもなく怒りだす理由がほしかった。直前まで笑っていたのに、急に涙を流しはじめる理由がほしかった。

「理由？」と母が聞いた。

「うん。プレゼントをあげようと思った理由」

「あんたがこの一年、良い子で過ごしたから」

僕は「その気持ちだけで十分だよ」と言った。

母は「嬉しい」と僕に抱きついた。「これからも良い子でいてね」

電車は両国駅に到着した。ポケットに入れていた右手がずり落ちた。僕は変わらずドアの前に立っていた。スマホがようやく鳴りやんだので、取りだして時刻を確認し、次の出勤までに残された時間を計算した。七時間を切っていた。

両国駅には地下へ潜るトンネルがある。錦糸町を出発した総武線快速はこのトンネルへ入っていき、そのまま東京駅へと向かう。各駅停車と快速が分離する地点だ。トンネルができたのはＪＲがまだ国鉄だった時代で、輸送効率化と混雑の緩和を目的とした第三次長期計画の中で実施された。総武線快速は地下で横須賀線に接続し、横浜を通って久里浜方面へ向かう。各駅停車は中央線に接続し、三鷹方面へ向かう。

浅草橋を過ぎ、秋葉原駅で多くの人々が降車し、同じくらいの数の人々が乗車した。秋葉原は繁華街としても有名だったし、山手線や京浜東北線の乗換駅でもある。総武線快速が両国で各駅停車と分離し、東京へ向かった理由の一つに、秋葉原駅の混雑を緩和する目的もあったという。

電車が発車する。タタン、タタンという音は、レールの継ぎ目を車輪が通過したときの音だ。音の聞こえ方は、継ぎ目間の距離と車両の長さ、そして車両の速度によって決まっている。だから列車が加速していくと、音の間隔が短くなっていく。そもそもレールに継ぎ目があるのは、陽光にさらされたレールが温度で膨張したり収縮したりするからだ。温度差が少ない地下鉄では継ぎ目の少ないロングレールを使っていて、だから継ぎ目の音はほとんど聞こえない。

鉄道には理由がある。

僕は数多くの理由を集めた。国鉄がＪＲになった理由。雨の日のブレーキが早い理由。第三セクターが流行した理由。さまざまな路線が廃線になった理由。集めた理由と理由が結びついていき、大きな世界を構築していった。

「笑ってないのは、どこのドイツ人だ？」

支配人はよく、僕に向かってそう言った。

僕は笑うことができなかった。自分にはそんな権利がないような気がしていて、無理に笑おうとすると強張ってしまう。

「すみません」

「謝ることはないんです。毎日寝る前に、鏡を見ながら練習すればいい。少しずつ、前進していきましょう」

「すみません」と答えながら、できない、と思う。僕は鏡で自分の顔を直視することができない。

職場の人々はみんな優しかった。優しくて笑顔だった。みんなと同じようにできない僕のことを、支配人はいつも気にかけてくれた。僕のネクタイが曲がっていると即座に直しにきたし、スーツのサイズが合っていないと言って、新しいスーツを作ってくれたこともあった。

「大丈夫ですか？　仕事がつまらない？」

「いえ、そういうわけではないです」

「何か嫌なことがあるなら、すぐに伝えてください」

「はい。でも、嫌なことなんてありません」

「それならいいのですが、まだみんなと打ち解けられてない気がして」

ホテルで働きはじめてから一年後の春、支配人は勤務規則を追加した。

「社員もアルバイトも、みんなで仲良くすること」というものだった。

＊

「あ」

スマホを見ながら、イソギンチャクさんはそう言った。「MAKKUn67さん、新宿駅と東京駅を間違えていたそうで、あと三十分くらいかかるそうです。デモの途中で合流することになりそうですね」

「MAKKUn67さんとはどういう知り合いなんですか？」

私は気になっていたことを聞いた。イソギンチャクさんは農薬と遺伝子組み換え作物によって人類が支配されていると考えていて、MAKKUn67さんはイルミナティが人類を支配していると考えている。二人の主張は相容れないように思える。

「去年、大阪のノーマスクデモで知り合ったんです」

「なるほど」

新型コロナウイルスが、二人を結びつけたのだった。いや、二つだけではない。交わることのない、バラバラに向いていた想いが一点に集中した。私たちは手を結んだ。国共合作で、薩長同盟だった。いくつもの怒りのベン図が重なる中心に、新型コロナウイルスとスメラミシングが存在していた。

イソギンチャクさんは少しだけ残っていたコーヒーを飲み干して、グラスの水に口をつけた。私はイソギンチャクさんが置いたグラスの位置を直してからトイレへ向かった。違う種類のテーブルを使っていた奥の座席が気になりだして、発作を防ぐために慌ててツイッターを確認した。スメラミシングが二日ぶりにツイートをしていた。私はスメラミシングに集中した。こうやっていつも、スメラミシングは私の発作を鎮めてくれる。

「世界には理由がある。それこそがマスタープラン。世界は《作家》によって綴られた物語。梁山泊の《乗客》たちが新宿に集い、その拳が《彼ら》のマスタープランに打撃を与えるだろう。私もその拳の一つとなる。これは君たちが良い子にしていたことへのプレゼントだ」

席に戻ると、イソギンチャクさんはスマホを眺めていた。

「イソギンチャクさんもスメラミシングのツイートを見てたんですか?」と私は聞いた。

彼女は「何か新しいツイートがあったんですか?」と聞き返した。「MAKKUn67さんに新宿駅と東京駅の違いを教えていたところでした。初めて一人で東京に来るみたいで」

「大丈夫ですか?」

「たぶん。それで、スメラミシングはどういうツイートをしたんですか?」

「自分で見る方が早いと思います」

「すみません、実は私、スメラミシングのフォローを外しちゃったんです。いつも、言ってることが難しくて。だからタキムラさんみたいなバラモンが必要なんです」

思わず、「私がスメラミシングの発言を捻《ね》じ曲げていたらどうするんですか？」と聞いた。

「タキムラさんがそんなことをするはずがないでしょう」

私は啞然としながら、「そうですか」と口にした。「それでは、今から読解を試みます」と言ってから、私は「ちなみに」と続けた。「新宿駅と東京駅の違いがわからないって、どういうことですか？」

「どうやらMAKKUn67さんは東京都というエリアの中に東京という駅があることがわからなかったみたいです。それで、新宿駅が東京駅だと思っていたみたいです。私にもちょっと意味がわからないんですけど」

「スメラミシングの前に、MAKKUn67さんの読解をしないといけないですね」

「たしかに、その通りです」とイソギンチャクさんが笑った。

＊

電車は信濃町《しなのまち》に停車した。

一度だけ、僕はこの駅で降りたことがある。中学生のころ、母と従兄弟の三人で神宮外苑のアイススケート場へ行った。離婚して名古屋から引っ越すまで、母はアイススケートを教えていた。スケートを終えたあと、帰り際に従兄弟がロッカーの鍵をなくして、予約していた店で晩御飯を食べることができなくなったことを覚えている。結局鍵が見つかったのかどうかは覚えていないし、その日を最後に従兄弟とも叔母さんとも一度も会っていない。叔母さんには、母が包丁を手にしたとき数年ぶりに電話したが、彼女は入院した母の見舞いにも来なかった。

ホテルのバックヤードには、何年か前の羽生結弦の献血のポスターが貼りっぱなしになっていた。母は羽生結弦の熱狂的なファンだった。調子がいいときは、何時間も羽生結弦について語った。出勤時や休憩時にポスターを見るたび、そのことを思い出した。僕も羽生結弦が好きだった。彼の話をしている間は、母が取り乱すことはなかったからだ。

そのポスターが剝がされたのは、支配人が新しい勤務規則を定めた日だった。

「社員もアルバイトも、みんなで仲良くすること」

羽生結弦の代わりに、そう書かれた模造紙が貼られた。新しい勤務規則には、いくつかの追加項目が付記されていた。

「休憩時間は楽しく会話をすること。勤務日は可能な限り一緒にご飯を食べること。誰かが仲間はずれと感じるような行動は控えること（退勤後のレジャーにみんなを誘うこと）」

その日の勤務が終わったあと、支配人は「みんなで千葉公園に行ってピクニックをしよう」と言ってから、僕を見て微笑《ほほえ》んだ。出勤していたメンバーはみんな翌日の夜勤が休みだった。

僕はその日、内房線で五井《ごい》駅まで行って小湊《こみなと》鐵道に乗ってから、入院していた母の見舞いに行くつもりだったが、断ることができずにピクニックへ参加した。レジャーシートを敷いて、スーパーで買った酒とつまみを並べた。酒が飲めない僕はジンジャーエールを飲んだ。支配人に「普段、休日には何をしているんですか?」と聞かれ、僕は少し考えてから「旅行をします」と答えた。支配人は「それなら今度、社員旅行を企画しないと」と言った。

カラオケに誘われたが、母の見舞いを理由に断った。その日の夜に、支配人からメールが来た。「今日はありがとうございました。強引だったらごめんなさい」と書いてあった。僕はだいぶ悩んでから「お誘いありがとうございました」と返した。何か、心の中にモヤモヤしたものだけが残っていた。

その日の夜に、僕はツイッターのアカウントを作った。匿名で自分の思うことを全部ぶちまけるつもりだったが、うまく文章にすることができず、代わりにこれまで旅先で撮影してきた写真を載せた。何人かの鉄道好きにフォローされ、僕もフォローを返した。でも、すぐに写真が尽きてしまった。他の人のように、毎日写真を上げることができなかった。僕は急に恥ずかしくなってしまい、アカウントを削除し、新しいアカウントを作り直した。

支配人は本気で社員旅行の計画を立てはじめた。もちろん、ホテルの営業を休むわけにはいかないので、全員参加はできない。

「二回にわけて旅行をします」と支配人は言った。一回目は相模湖《さがみこ》で、二回目は箱根だという。

僕は二回とも参加しなければいけないらしい。二人きりのときに、「君のための社員旅行でもあります」と言われた。

僕は勤務中に一人になることが許されなくなった。休憩時間、それまで僕は三十分の休憩中に、駅の近くにある吉野家で食事をして、深夜ですっかり人の少なくなった駅前を散歩してからホテルに戻っていた。だが、それもできなくなった。支配人は「テイクアウトをして、バックヤードでみんなと楽しく会話をしながら食べましょう」と言った。

結局、社員旅行は実現しなかった。新型コロナウイルス感染症が流行したからだった。ホテルは毎日空室だらけになった。支配人はそれまで三人で回していた夜番を二人に減らすことに決めたが、それでも仕事はほとんどなかった。

休みが増え、給料が減ったことで、先輩社員が二人辞めた。八人いたアルバイトが四人に減り、僕と同じ年に入社したもう一人の社員も転職を考えていた。

支配人は苛立っているようだった。業務中、「マスクに意味はないんです」という話をよくした。「マスクは笑顔を隠します。それに、マスクが感染を防ぐというのなら、どうしてみんなマスクをしているのに感染者が増えていくんですかね」

アルバイトの学生が「マスクをしなかったらもっと増えていたのかもしれません」と言った。

「思考停止はよくありません。マスクをしていると、十分な量の酸素が吸えないというデータもあります。酸素不足で脳に障害が起こるかもしれません」

「そこまで言うなら、マスクを外せばいいのではないでしょうか？」

「本部の命令で、それができないから困っているんです」

支配人の顔からは笑みが消えていった。空室ばかりで仕事がない夜、アルバイトに苛立ちをぶつけることもあった。原因は些細《ささい》なこと――電話対応の言葉遣いが間違っているとか、ロビーに小さなゴミが落ちていたとか、トイレットペーパーが切れていたとか、その程度のことだった。

ワクチンの接種が始まると、支配人は真っ先に「私は絶対に打ちませんし、ワクチンを打った人には働いてもらいたくありません」と宣言した。「ワクチンは人間の遺伝子を組み換えるものです。そんなことをして、五年後や十年後にどうなるか、わかったものではありません」

アルバイトたちはそれでもワクチンを打った。彼らは「自分の身を守るためです」と言った。支配人は「ありえない」と怒った。「副反応で死んだ人が数多くいることもわかっているし、政府もマスメディアもそのことを隠しています。二度目の接種をするようなら、バイトを辞めてもらいます」

「副反応で死んだという証拠はあるんですか？」

「ネットで調べれば、いくらでも出てきます」

「僕はネットで出てくる有象無象《うぞうむぞう》の情報よりは、政府やマスメディアを信用しています」

「少しは言うことを聞け！」

支配人はそう怒鳴った。怒鳴られたアルバイトは「社員もアルバイトも、みんなで仲良くすること」という貼り紙を指さして「勤務規則違反ですよ」と反論した。支配人は激昂《げきこう》し、その場で壁紙を引き剝がした。

社員とベテランのバイトが辞めて、僕だけが残った。

ホテルは廃業寸前だった。社員が減ったことは関係ない。コロナによって客室が埋まらなくなっていた。

支配人に言われた通り、僕はワクチンを打たなかったし、バックヤードではマスクもしなかった。ロビーに誰もいないとき、支配人はワクチンに関する陰謀について話した。

「昔からホテル業界や観光業界を潰そうとしている勢力がいて、彼らがウイルスを製造したんです」という話を何度も聞いた。「彼らにはマスタープランがあります。専属の作家が考えた物語の実現に向けて、着実に計画を進めています」

ほとんど仕事のない日、支配人は勤務時間中にバックヤードで酒を飲むようになった。君を雇ってよかった、最初から君が薄情な人ではないと知っていた、そんな話を聞かされた。

ひどく酔っ払ったとき、支配人が突然僕の母の話を始めた。

「先日、君のお母さんから連絡を受けたんです」

そんな話は知らなかった。僕は「すみません」と謝った。

「いいんです。君のお母さんは、どうやっても君にワクチンを打たせたいらしくて、抗議してきたんです。本部にも苦情を入れたみたいで、今度調査が入ることになってしまいました」

「すみません」

「ありえないと思いました。自分の息子の体の心配もせず、毒の塊であるワクチンを打たせようとしています。心配しなくても大丈夫。私は屈しません」

「すみません」と僕は繰り返した。

「実は、君のお母さんから連絡を受けたのは今回が初めてではないんです。過去にもしつこく、君がどういう風に働いているか、きちんと勤務できているか、根掘り葉掘り聞かれていたんです。私はいつも『大丈夫』と答えていました」

「ご迷惑をおかけしてすみません。母には心配性なところがあるんです」

「最初に君のお母さんから連絡が来たのは、君がウチの面接を受けた直後でした」

支配人はそう語った。「君のお母さんは、聞いてもいないのに、君の一家の経歴について教えてきたんです」

「どんな話ですか？」

「名古屋で小学生の君が起こした事件のこと。そのせいで夫と離婚して千葉に引っ越してきたこと。君が治療を受け、ようやく元の生活に復帰したところで、君が従兄弟に暴力をはたらいて重症を負わせたこと。そのせいで、君はほとんど中学校に通っていなかったこと」

支配人は僕の顔を見つめていた。「大丈夫。私はそのことを責めようなんて思っていません。名古屋の事件について、ネットで調べたのは事実ですけどね。たいしたことはない、と思いました。少々度が過ぎてしまっただけの、子ども同士の喧嘩です。大人が騒ぎたてる必要はありません。相手の子に障害が残ったのは不幸でしたが、君は教育の被害者であって、決して加害者ではありません」

「すみません、僕もほとんど何も覚えていないんです」

「謝る必要なんてないんです。君は何も悪くない。私には君の気持ちがよくわかります。世界はいつも、私たちの邪魔をします」

「すみません。僕の母も、いつも僕の邪魔をするんです」

「君のお母さんは、君がこのホテルで働くことを不必要に心配していました。そして、君を恐れていました。君が誰かを傷つけるのではないか、と被害妄想に囚《とら》われていました。それを聞いた私は、むしろ君を雇わなければならない、と思ったんです。このホテルは梁山泊です。世間から爪弾《つまはじ》きにされた者が、拳を振りあげるための場です。アルバイトたちも、他の社員も、みんな脛《すね》に傷を持っています。私だって、若いころに手痛い失敗をしたことがありますし、何度か警察のお世話になっています。だからこそ、最後まで君の面倒を見ると約束したんです。何かあったら責任をとると言ったんです。結局、私の心配は杞憂《きゆう》でした。君はよくやってくれていたし、最後まで残ったのは君だけでした」

「すみません」

「おかしいのは君じゃなく、君のお母さんです。君を縛りつけ、自分の思い通りにしようとしています。都合の悪い事実は耳に入れず、自分の妄想にとりつかれています。君はモンスターなんかじゃない。君は心の優しい好青年です。でも、君のお母さんは真実に目を向けようとしません。君のお母さんがワクチンを打ったのも、それが理由です。都合よく編集された情報で事実を曲解しています」

「すみません」と僕は言った。

＊

「世界には理由がある。それこそがマスタープラン」

スメラミシングがよく使う常套句《じょうとうく》のようなものだったが、その言葉が多くの人々を惹《ひ》きつけているのではないかと私は考えていた。地球が誕生したのも人類が誕生したのも偶然だ。何億年、何十億年という時間をかけて、さまざまな偶然の連鎖の果てに、私たち人類は存在している。だが、私たちはその事実に耐えられない。だからこそ神を創造した。自分が生きていることは必然なのだと考えようとした。私たちは幸福を求めているのではなく、理由を求めている。

真実を求めているのではなく、理不尽で暗く、生きる価値のない現実を受け入れるための物語を求めている。昔からずっとそうだった。

「世界は《作家》によって綴られた物語」という記述も、人々が求めている言葉だ。《作家》は「神」でも「ディープステイト」でも「暗黒政府」でも「イルミナティ」でも構わない。スメラミシングがそれらの言葉を使わず、《作家》や《彼ら》といった抽象的な表現をしているのは、物語を必要としている人々すべてに届く言葉を選んだ結果だ。人々が作りだした物語にはさまざまなバージョンがあり、スメラミシングの目的はそれらを束ねることにあるのではないか、と私は考えている。スメラミシングがツイートを始めた当初から、そういう目的があったかどうかはわからない。バラモンたちが好き勝手に解説を始める様子を見て、人々が物語を求めているのだと気づいた可能性もある。どちらにせよ、コロナというきっかけによって、人々の物語への欲求は加速した。ウイルスに理由はない。コロナによって生活を奪われた人々は、その不満や怒りをぶつける場所がなくて困っていた。だからこそ、彼らは物語を必要とした。

「梁山泊の《乗客》たちが新宿に集い、その拳が《彼ら》のマスタープランに打撃を与えるだろう」という記述は非常に興味深かった。スメラミシングは明らかに、これから新宿で開催されるノーマスクデモのことを意識して発言している。彼が個別具体的な言及をするのは珍しい。どうしてだろうか——私は考える。今回のデモは、ネット上に存在していた無数の物語が、現としていた。

実世界で実体化する最初の契機だからなのかもしれない。もちろん、農薬にしろイルミナティにしろ、それぞれの物語を信じる人々による集会はこれまでも存在しただろう。だが、スメラミシングの目的は少し異なる。彼はすべての物語を、新型コロナウイルスによって統合しようとしていた。

「私もその拳の一つとなる」という言葉は示唆的だ。すでに何人かのバラモンの間でも話題になっている。今回のデモにスメラミシングが参加するということなのではないか。もしかしたら、その正体を明かすのではないか。スメラミシングの正体については数々の憶測があった。厚生労働省の元役人という説や、政治家という説、著名な作家という説、スティーブン・バノンという説。

私の考えは違った。おそらく、学生かニート、あるいは若い社会人で、普段は目立たずに生活しているが、その内面は怒りに満ちている。あらゆる人類に怒っていて、その怒りを押し殺して生きている。明確な根拠があるわけではない。スメラミシングのツイートを分析し続けてきたことによる勘だ。スメラミシングは氷のように冷たく、井戸のように深い怒りを心に隠している。そしてきっと、その怒りこそ、世界を変えるための唯一の道だ。彼こそが、私の救世主なのだ。

最後の「これは君たちが良い子にしていたことへのプレゼントだ」という言葉が、私の心に深く刺さる。

私はイソギンチャクさんにスメラミシングの言葉を簡単に説明した。彼は今回のデモの重要性を認識していること。彼も参加している可能性があること。

デモの開始時間が近づいていた。私たちは会計をすませて店を出た。

集合場所の新宿中央公園にはノーマスクの人々が多数集まっていた。

「タキムラさんって、よく世界を変えたいって言ってますよね？」

集団の後方に位置どってから、イソギンチャクさんがそう聞いてきた。

「はい」

「どういう風に変えたいんですか？」

「この世界は根本からシステムが間違っています。だからいろんなことが乱雑なまま、いい加減に決められています。本当は正しいことを言っている人を異常だと思いこみ、異常な人間に同情してしまいます。私はずっと、異常だと言われ続けてきましたが、異常なのは世界の側です。私はただ、正しいシステムを作りあげたいんです。いや、正確には、私には作りあげることができないので、作りあげることができる人を探しているのです」

「なるほど」

「この世界は末期です。全部壊さないといけません。救世主に、すべてを壊してもらわないといけないんです」

イソギンチャクさんは口を開けたままだった。しばらくして「なんというか、タキムラさんって、実はかなり危険な思想の持ち主なんですね」と言った。

「危険ですか？　私にとって今が一番危険です。ナノマシンがばら撒《ま》かれ、イルミナティが暗躍し、誤った医学知識が流通している、そうでしょう？　人々は大きな矛盾に目をつむっています。システムは崩壊しかけています」

「それはたしかに、そうかもしれません」

「救世主は、暗黒政府も潰してくれるでしょう」

「それはいいですね」とイソギンチャクさんが乗ってきた。「モンサント社も一緒に潰してもらいましょう」

「いっそのこと、全部潰しましょう」と私はイソギンチャクさんの手を取った。「全部潰して、一から作り直すんです」

「救世主って、やっぱりスメラミシングなんですか？」

あたりを見渡しながら、イソギンチャクさんが言った。

「そうだと思います」

「今日、ここに来てるんですよね？　もし見つけたら教えてください。直接感謝したいんです」

「私にも誰だかわかりませんよ」

すでに五百人ほどいるだろうか。集団から少し外れて、一人で立っている男性に目が止まった。一切の乱れなく紺色のスーツを着てる。体に癒着したようにぴったりしたサイズのシャツに、灰色のネクタイをまっすぐ合わせていた。私は彼を見て、すべてが調和していると感じた。彼はマスクをしていなかったので、デモの参加者であることは間違いなさそうだった。私はその男性を指さして「彼かもしれません」と口にした。そうであればいい、と思った。

「本当ですか？」

「いえ、別に自信はありません」

イソギンチャクさんは「行かないと」と言って私を引っ張り、スーツの男に近づいていった。

「スメラミシングが私の居場所を作ってくれたんです。そのことだけは伝えたいんです」

「別人ですよ、たぶん」

集団が前へ歩きはじめた。私たちはその流れに逆行して、スーツの男のところへ向かっていた。デモ隊のリーダーが拡声器で「ワクチン反対！」と叫んだ。人々はそれに続いた。誰かが、公園で遊んでいた親子に向かって「毒物が練りこまれたマスクを、今すぐ外せ！」と怒鳴った。

「ナノマシン」や「毒物ワクチン」という声が聞こえた。リーダーは「今回の目的はワクチンの接種会場を閉鎖することです！」と叫んで喝采を浴びた。

「子どもにマイクロチップを注射して、将来を奪うな！」と誰かが叫んでいた。

みんな怒っていた。

ウイルスは目に見えるわけではないし、ウイルス自体には悪意がない。それこそが大きな問題なのだ。自分の目で確かめられないものによって、そして責任能力のない存在によって、自分たちの生活は大きく変えられてしまった。何年も続けた店を閉める羽目になり、何年も勤めた会社が潰れた。自分は何も悪いことをしていないのに、マスクをしろ、ワクチンを打てと命令を受ける。同調圧力を感じる。お店で友人と酒を飲むことも、海外へ旅行することもできない。それでいて誰も助けてくれないし、責任をとってくれる存在もいない。新型コロナウイルスを記者会見に呼んで謝罪させることもできないし、警察に訴えて刑務所に入れることもできない。

理由がほしい。物語がほしい。正義のヒーローが現れて、黒幕の悪事を暴き、世界を変える、そんなお話であってほしい。自分はその物語の登場人物でありたい。

イソギンチャクさんがスーツの男の前に立ち、「ありがとうございます」と言う。「あなたのおかげで、私は呼吸をすることができます」

スーツの男は何かを口にしようとしてからやめて、イソギンチャクさんと私を交互に見てから「すみません」とだけ口にした。

＊

意味がわからなかった。二人組の女性が僕に近づいてきて、「あなたのおかげで、私は呼吸をすることができます」と口にした。僕は自分が怒られたのだと思った。何が問題だったのかはわからない。服装か、態度か、顔か、人格か。二人組のうち一人は、何も言わず僕の目をじっと見つめていた。

僕は「すみません」と言った。そう言わせたいんだろう。いいよ、いくらでも謝ってやる。すみません。僕は生きる価値のない人間です。自分でも自覚のないまま母の機嫌を乱し、職場ではいつも足を引っ張っています。そんな人間が他人の集会に参加しようとしてすみませんでした。もう二度と世界に関わろうとはしません。それで十分ですか?

ダメだ、よくない兆候だ。

僕は慌ててデモの集団から抜けだした。新宿中央公園の入口近くにあったベンチに座って呼吸を整え、心を鎮めようとスマホを手にとる。僕の言葉など一つもない。隅から隅まで探しても、僕の中に言葉は見つからない。僕は思い出す。さまざまな言葉が交差する。長田のこと、井川線で会った男性のこと、母のこと、支配人のこと。彼らの言葉を、僕はそのまま文章にする。

「世界には理由がある」

スメラミシングのアカウントを開き、僕はそう書く。

「そのことは示された。おかしいのは君ではない。君を縛りつけ、自分の思う通りにしようとしてくる《彼ら》だ。《彼ら》は都合の悪い事実を耳に入れず、妄想にとりつかれている」

僕は文章の最後に、「君はモンスターなんかじゃない。君のおかげで、私は呼吸をすることができる」と書いてから、ツイートした。

遠くから拡声器の声がしていた。母からの電話でスマホが振動していた。スマホをポケットにしまい、天を仰いだ。真っ青な空だった。鳥が飛んでいた。僕は深く息を吸った。

そのとき、「マスクをしろ！」と誰かに怒鳴られた。

隣のベンチに座って新聞を読んでいた老人が、僕のことを睨《にら》んでいた。

気がつくと僕は「放っておいてくれ！」と怒鳴っていた。拳を握りしめ、ベンチを思いきり殴った。老人は唖然とした表情でこちらを見ていた。僕は立ちあがって、老人に向かって歩いていった。

神についての方程式

私には社会保障番号の他に「宇宙人」という通称があった。その通称は特別気に入っていたわけではないが、端的に自分自身の特徴を表しているという点において便利ではあった。私は情動によって自らの行動指針が左右される割合が比較的高く、そのせいで損をすることも多かった。新しい景色を見たいという理由で遠回りをしたり、用がないのに出身地へ帰省をしたり、すでに論理的な誤りが明らかになっている前世紀の書物を読んだり、そういったことだ（私の傾向性はおそらく古典の研究をしていた曾祖父の影響によるものだ）。今にして思えば、「宇宙人」という通称のおかげで助けられた場面も多い。相手が自分のことを「宇宙人」だと思ってくれれば、コミュニケーションの伝達ミスや根本的な価値観の違いに根拠を与えることができる。

イギリスに留学したときにほとんど研究者のいなくなっていた宗教考古学を専攻することに決めたのも、私の「宇宙人」的な性格に依《よ》っていると言えるだろう。人々の多くは、「宗教活動」のことを、君主制や奴隷制度や国家社会主義のように「不合理ゆえに途絶した文化、社会制度」であると考えている。宗教は家族制度や農耕・牧畜よりも長い歴史を持ち、前世紀まではほとんどすべての人類の生活に影響を与えてきた。これまでの「地球人」たちは数多くの不可解な行動をしてきたものだが、とりわけ宗教はもっとも大きな謎なのである。人々は多大なコストを支払って宗教活動をしていた。少なくない時間を祈りや儀式に捧げ、場合によっては自らの財産を寄付していた。服装や食事に制限を設け、婚姻や交際に厳格な基準を適用した。不可解な禁則や要求に従い、場合によっては自らの命よりも信仰を優先させた。

鳩が首を振りながら歩くのは、視点を安定させるためである。

どんな生物であれ、歩行中はどうしても視点が動いてしまう。視点が動くと、静止しているものと動いているものの区別がつきにくくなる。これらの区別がつかないと、獲物を逃してしまう。人間は歩くときに目玉を動かすことで視点を調整しているけれど、鳩は目玉がほとんど動かないので、首を動かして視点を安定させているのだ。

遺伝子にしろミームにしろ、生物のあらゆる活動は「どういう利益があるのか」という進化論的観点から説明することができる。

では、宗教の利益とはなんだろうか。神との交流？　精神的な安定？　信者同士のネットワーク？　それらの利益は、多大なコストに見合うものなのだろうか。見合わない。だから「大断絶」のあとに消滅した。それが私たちの出した答えだ。

私が研究対象に選んだのは、ヒンドゥー教シューニャ派、通称「ゼロ・インフィニティ」という宗教団体だった。「ゼロ・インフィニティ」は最後の宗教とも呼ばれている（二年前に

「最後の信者」が病気で亡くなってしまった）。最盛期にはインドを中心に一億二千万人ほどの信者を抱え、二十一世紀に誕生した宗教団体の中では最大規模だったと言われている。彼らは研究者たちから「メタ宗教」や、「宗教科学」と呼ばれたりしている（「ゼロ・インフィニティ」は後者の呼び方を推奨していた）。

「ゼロ・インフィニティ」が特殊なのは、既存の宗教の解釈学としての側面も持っていたことだ。宗教であると同時に、宗教を信仰するとはどういうことか、という説明を（一応）与えている。また、信仰の中に「科学」を取り入れていたのも特徴だ。彼らにとって世界とは「実数」であり、神とは「ゼロ」である。どんな数（世界）でもゼロ（神）を掛け合わせると、解はゼロ（神）になる。そのほかにも、たとえば多くの世界宗教が信仰の核にメルセンヌ数（2^n-1）を取り入れていることから「神の式」と呼んだり、超ひも理論の本質が神学であると主張したりしている。

かつて「宗教」と「科学」の二つはこの世でもっとも相性が良くなかったが、「ゼロ・インフィニティ」はその二つを結びつけようと試みていた。最盛期の膨大な信者の数を考慮に入れれば、その試みは一定程度成功したと言えるだろう（前世紀におけるクリスチャン・サイエンスやサイエントロジー、幸福の科学などの事例を考慮に入れると、比較的新しい宗教には「科学」が必須だったのかもしれない）。

「ゼロ・インフィニティ」には秘密主義的な部分があり、たとえば開祖である「ムゲン」という人物についてては国籍もわかっていない。ある時期まで「ムゲン」は顔を出していたし、公の場にも出ていたのだが、「ゼロ・インフィニティ」が開祖の痕跡をネット上から抹消した。歴史上のいくつかの宗教に該当することだが、開祖が「実在の人物」であることは、団体の拡大の足枷《あしかせ》となった。開祖はもっとも神に近い人物でなければならず、しばしば生身の人間性はその邪魔になってしまう。

加えて言うと、イエス・キリストの時代には存在していなかったものが、「ムゲン」の時代には存在していた。すなわちインターネットであり、ソーシャル・ネットワーキング・サービスである。キリストがソーシャル・ネットワーキング・サービス上に十二使徒の集合写真をアップしたり、マグダラのマリアとのツーショットをアップしたりしていたら、キリスト教はあそこまで広がっただろうか。

「ゼロ・インフィニティ」が懸命に努力して抹消したにもかかわらず、デジタルアーカイブには「ムゲン」の若いころの写真が何枚か残ってしまっている。「ムゲン」はインド系の女性で、どの写真でも二十代前半に見える。「ゼロ・インフィニティ」が公表していたプロフィールによると、「ムゲン」は早熟の天才児で、七歳のときにメルセンヌ数の素因数分解に成功したという（十七歳でハーヴァード大学に入学し、二十三歳のときにプリンストン大学で博士号を手にしている。もっとも、大学の名簿データから、該当する人物が実在しないことが明らかになっている）。

「ムゲン」という人物そのものが架空であると主張する研究者もいるが、私はそのように考えていない。私の曾祖父はアリ・L・ピーリスというサンスクリット語の研究者で、ムンバイ工科大学の助手時代に、実物の「ムゲン」と話したことがあると主張していた。これが事実であれば宗教考古学的に非常に重要なのだが、研究者たちのほとんどは、すでに高齢だった曾祖父の記憶を疑ったり、前世紀的価値観を体現する曾祖父が虚言を発していると見なしていたりする。

だが、私は曾祖父の話を強く信じている。曾祖父ほど記憶が確かで、正直な人間を他に知らない。だからこそ、私は「ゼロ・インフィニティ」を研究しているのである。「ムゲン」は実在する、という確信があるからだ。宗教考古学研究における私の第一目標は、「ムゲン」が誰であるかを突き止めることにある。

もうひとつの目標は、謎に満ちた伝道者の正体の特定である。初期のころ、「ゼロ・インフィニティ」は開祖である「ムゲン」とともに、タナカ・ヤスタケという人物を伝道者として特別視していた。タナカ・ヤスタケは日本人の名前だ（田中義剛という、前世紀の日本の牧場経営者のことではないか、という意見が定説となっている）。タナカ・ヤスタケなる人物の正体は別にしても、「ムゲン」が日本語であることから、「ゼロ・インフィニティ」の成立に日本や日本人がなんらかの関与をしていたと見なす者は多い。

私は長年、日本のデジタルアーカイブで「ムゲン」に関する資料が残っていないか調べてきた。曾祖父の証言を信じるのであれば、キーワードはムンバイ工科大学だ。数十年前のムンバイ工科大学で、なんらかのイベントが開催されており、そのとき曾祖父は「ムゲン」と会話をした。曾祖父はそれ以上のことを覚えていなかったが、その事実だけは間違いないと言っていた。

私が目的の資料を見つけたのは偶然だった。

私は曾祖父がムンバイ工科大学で助手をしていた二〇一九年から二〇二三年に範囲を絞り、その時代に日本語で公開された書籍や記事などを調べていた。「ムンバイ工科大学」や「ゼロ」だけでは候補が絞りきれず、「ムゲン」や「ゼロ・インフィニティ」などのキーワードも入れてみたのだが、うまくヒットしなかった。結果的に、ダメ元で入れた「シューニャ」がいくつかのローカルサーバーでヒットした。

二〇二二年に書かれた、「現代経済」というウェブサイトに投稿された記事だった。ずいぶん古いもので、すでに削除済みだったが、パトロールＡＩがローカルサーバーに残していたものをサルベージした。

記事のタイトルは『神についての方程式』というもので、執筆者は吉竹七菜香《よしたけななか》という日本人らしい。執筆当時の肩書きはサイエンスライターで、記事の執筆から四十二年後に病気で亡くなっている。生前には四冊の単著と二冊のインタビュー本、七冊の共著を残している。軽く調べた限りでは、彼女と「ゼロ・インフィニティ」を結びつける証拠はない――つまり、彼女は

「ムゲン」ではない。

私は翻訳ソフトに記事のデータを入れた。記事を読むまでもなく、私は「ゼロ・インフィニティ」に関する謎のひとつについて、かなり確度の高い解を得た。タナカ・ヤスタケとは、この記事の執筆者である吉竹七菜香のことだ。

＊

いきなりですが、みなさんは『トップガン マーヴェリック』を観ましたか?

私は前作『トップガン』を何度も観ています。『トップガン』世代ではないのですが、映画好きだった両親の影響もあって子どものころから繰り返し観てきました。

合計十九回以上。

どうして「十九回以上」という細かな数がわかるかというと、私の家では誕生日に家族揃って写真を撮るという文化がありまして、その写真撮影前に『トップガン』を観るのが恒例行事になっているからです。十九枚の写真に『トップガン』のDVDジャケットが映りこんでいます。もちろん、大好きな映画なので誕生日以外にも観ています。何年か前に『トップガン』の続編が公開されると聞いた夜も、当然観ました。だから十九回以上です（正確な数はわかりません）。

……あ、ご心配の方もいらっしゃるかもしれませんが、安心してください。この記事は『トップガン マーヴェリック』のネタバレを含みません。というか、原理的に含みようがありません。なぜなら、私自身がまだ観ていないからです。

公開からかなりの時間が経っているのに、なぜ私はまだ『トップガン マーヴェリック』を観ていないのでしょうか。それには理由があります。映画が公開されたとき、私はインドにいたのです。インドで「トム」と会っていました。と言っても、ハリウッド俳優トム・クルーズではなく、インド人数学者トム・クマールです。

ゼロの起源

みなさんがご存じかどうかわかりませんが、インドは数字の「ゼロ」が生まれた国だと言われています。ナショナリストでもあるナレンドラ・モディがインドの首相に就任して以来、インド国内で高まりつつあった愛国心の柱として、「ゼロ」を利用しようという動きがある、という話は有名です。

インドが発見した偉大な概念である「ゼロ」。

その「ゼロ」を、信仰における一つの軸にしようという試みです。こうして、ヒンドゥー教の中に「ゼロ」を見つけるプロジェクトが、サンスクリット研究者や数学者、天文学者の間で始まりました。
さて、サンスクリット語で「ゼロ」を表す言葉は、「シューニャ」です。しかし、「シューニャ」には「空《くう》」という意味もあります。この「空」も、「ゼロ」と並び、インドの思想において非常に重要な概念です。[1]
つまり、古文書の中に「シューニャ」という言葉を見つけても、それが「ゼロ」の意味なのか、あるいは「空」の意味なのかを判別しなければなりません。そのため、このプロジェクトには数学者や天文学者も加わっているのです。
プロジェクトの最終目標は「ゼロの起源を明らかにすること」だと言います。ゼロの起源――つまりゼロのゼロ地点を探すというのです。ゼロはいつ、どこで、どうやって生まれたのか。ゼロが生まれたことによって、何が変わったのか。ワクワクしませんか？ どうでもいいですか？[2]

1 「空」は仏教の概念としても知られていますが、創始者の釈迦がインド人であったことは無関係ではないでしょう。
2 私はワクワクします。

ゼロの祭典

「ゼロリジン（ZerOrigin）・ムンバイ」、通称「ゼロ・フェスティバル」はムンバイ工科大学で開催される、学会とお祭りと儀式が一体化したようなイベントです。ホームページ[3]によれば、「ゼロの起源を明らかにする」という試みの中間発表会といいますか、それぞれの研究者の成果を公開して交流することが目的だとされています。国内の若手研究者だけでなく、実績のあるベテランもいれば、国外から招待された学者もいます。学者だけではなくて、儀式を担当するバラモンや、ボリウッドの俳優が出演するステージまであります。言うならば、「ゼロ・フェスティバル」とは、「ゼロ」や「無」というテーマで集まった人たちが出演するフジロックみたいなものです。

この「ゼロ・フェスティバル」の取材をしないか、という依頼が私のところへ来たのは今から一ヶ月ほど前のことでした。依頼主は某科学雑誌の編集部で、この雑誌とは以前にも何度か仕事をしたことがあります。特別号で数字の「ゼロ」をテーマにすることが決まっていて、ぜひ「ゼロ・フェスティバル」の記事を載せたい、とのことでした。

「なぜ私に？」と思いました。たしかに私はサイエンスライターの端くれとして活動していますが、私の専門は天文学ですし、インドには行ったこともありません。英語ならなんとか使えますが、もちろんヒンディー語もサンスクリット語もできません。

加えて、非常にタイトなスケジュールです。依頼の時点で、「ゼロ・フェスティバル」の開催五日前でした。しかも、イベントは一週間にわたって行われるそうです。もちろん一週間すべて取材するわけではないでしょうが、それでも数日以内に日本を出発しなければなりません。何より、今はコロナ禍です――そこまで考えて、私はピンと来ました。おそらく誰か別の人が取材に行く予定だったが、直前でコロナに罹《かか》ったのではないか。困った編集部は、英語ができて暇そうなサイエンスライターを探し、私に行き着いたのではないか。

しかし、編集部がどれだけ困っていようとも、私がインドへ行く理由にはなりません。ここはインド式に「不服従」です。一応、コロナのおかげでほとんどの取材がリモートになっており、急ぎの原稿もありませんでしたし、スケジュールはなんとかなりそうです。「ゼロの起源を明らかにする」という目的もそれなりに興味深かったのですが、あまりにも唐突な依頼でしたし、専門的な知識もまったく持ちあわせていません。何より『トップガン マーヴェリック』の公開日が迫っていましたので、私は断る前提でイベントの概要を調べてみました。

いったい、どんな人が出演するのだろう。無について、一週間も何を語るのだろう――え？ 四谷夢玄《はるか》だって？

そう、そこで私は四谷夢玄の名前を見つけたのです。

3 https://www.zeroriginmumbai.org/what-is-zero-festival/#

おまけに、出演者一覧の中に、トム・クルーズの名前も幻視しました（よく見たらトム・クマールでした）。

四谷先生もいるし、トム（クマール）もいる。気がつくと私は、編集部に「行きます、行きます」と返信していました。『トップガン マーヴェリック』はいつでも観られますが、四谷先生にはこの日を逃せばいつ会えるかわかりません。

四谷先生は「ゼロ・フェスティバル」の最終日の二日前であるDay 5の夕方に講演することになっていました。講演のタイトルは「神についての方程式」。宗教の話なのか、数学の話なのか、まったく想像もつきません。いったいどんな発表になるのか、タイトルだけでもワクワクしませんか？

しかもDay 5の午前中には、あのトム・クマールが「インド古典数学における多色方程式」の講演をするというではないですか。「インド古典数学」というだけでも難しそうだというのに、そこに「多色方程式」を持ちこむとは、まさしくインド数学界の一匹狼《マーヴェリック》。このトム・クマールには、間違いなくトムの血が流れているに違いありません（トートロジー）。私はDay 5から最終日のDay 7まで、二泊三日の取材をすることに決めました。

パーティーを生みだす

とまあ、そういう経緯で私はインドにやってきたわけなのですが、出発までの時間がなく、当然準備も万全とはいかなかったのもあり、さまざまな面で苦労をしました。入国時の抜き打ちPCR検査をめぐるトラブルなどについてはいつか別のところで話すとして、問題は編集部が慌てて用意してくれて、空港で私を待っていた通訳のヴリティカという女性です。曲がりなりにも数学のイベントでの通訳をするわけですから、ヒンディー語と英語ができるだけではなく、多少の数学的知識は必要になるでしょう。サンスクリット語やインド古典数学の知識もあるに越したことはないのですが、そこまでは望みません。

ヴリティカは工学の学位を持っているという話だったので、その面での知識を期待したのですが、結論から言うと全然ダメでした。今から「ゼロ・フェスティバル」へ行くことも理解していなかったばかりか、「数学は苦手なんです」とヴリティカは言います。七の段も怪しいそうです。「工学の学位があるのにおかしい」と詰めると、「プロフィールは嘘です」と白状する始末。インド人はみんな九九を二桁の段まで覚えているという噂も嘘のようです。

とはいえ、今から新しい通訳を用意する時間もありません。空港でタクシーに乗り、ムンバイ郊外のムンバイ工科大学へと向かいます。

ムンバイ工科大学は学生数七万人というマンモス大学で（日本最大の学生を抱える日大とほぼ同数）、メインキャンパスはちょっとした街のような広さです。「ゼロ・フェスティバル」が開催されているのは理学部のある第二キャンパスで、日程的にメインキャンパスを回る余裕がないのが悔やまれます。

第二キャンパスへ到着すると、早速ヴリティカと一緒にトム（クマール）の講演を聴きにいくことに。かなりの余裕を持って空港に到着したのですが、いろいろあったせいでギリギリになってしまいました。受付でメディアパスを受けとり、講演が行われる二号館の四階へと急ぎます。四〇二号室のドアを開けると、教壇で講演をしている男性の姿が。

うわ、本物のトム（クマール）だ！

百人以上入ることのできる大きな教室で、なんと聴講していたのは私たち以外に学生三人だけでした（しかも、そのうちの一人はずっとスマホでTinderをやってました）。

トム（クマール）は眼鏡をかけた小太りで白髪の男性で、恐ろしいほどの早口で喋りながら、今にも飛びだしそうな目玉で何もない空間を睨《にら》みつけています。目を擦《こす》ってよーく見てみたのですが、トム（クルーズ）と同じなのは名前と性別だけのようです。講演はヒンディー語ということで、初《しょ》っ端《ぱな》からヴリティカの出番です。

私にはさっぱり意味のわからないスライドを映しだしながら、ヒンディー語をまくしたてるトム（クマール）。同時通訳もせず、カバンから取りだしたカレー味の芋（的な何か）を食べながら、ぼんやりした表情で座っているヴリティカ。十五分ほど経ってから、私はヴリティカと一緒に教室の外へ出ました。

すかさず「彼はどんな話をしているの？」と私は聞きました。

「『ブラフマグプタのブラーフマスプタシッダーンタで、ガニタのビージャがパーティーを生みだした』そんな話をしていました」

指先についたカレーの粉を舐《な》めながら、ヴリティカはそう言いました。さっぱり意味がわかりません。

「ねえ、全然通訳になってないんだけど」

「私もさっぱりわかんないんですよ。ガニタって組織に属しているビージャさんが、世界で初めてパーティーを催したんじゃないんですか？」

「パーティーって、なんのパーティー？」

「カクテルとか料理とか多色方程式とかを客に振る舞うんですよ。いや、知らないですけど」

そんな感じで、意味がわからないまま、「ゼロ・フェスティバル」における最初のステージが終了しました。[4]

ゼロの儀式

トム(クマール)の講演で身に染みました。適当に講演を聴きにいったところで理解できないでしょう。とりわけ専門家向けの講演に行くと、ガニタのビージャがパーティーを生みだすことになってしまい、これでは記事も書けません。

失意のまま、私たちは露店が立ち並ぶエリアに向かいました。トム(クマール)の講演とは違い、こっちは多くの人で賑わっています。私は列の整理をしていたスタッフに話しかけ、「数学の素人でも楽しむためにはどこに行けばいいですか?」と聞きました。スタッフは「あっちだ」と私たちが来た方向と逆を指差しました。

「何をやってるんですか?」

「わからないが、みんなあっちへ向かってる」

半信半疑のまま露店エリアから少し歩くと、すぐに目的地がわかりました。その一画だけとりわけ人が多く、歓声が聞こえたり、写真撮影の音が聞こえたりして、まるでエレクトリカルパレードが行われているような雰囲気です。

やっとのことで最前列までやってくると(奥で何をやっているのか調べるためにかなりの人垣を掻《か》きわけなければなりませんでした)、そこがラグビー場だったことがわかりました。ラグビー場の中央で、上半身裸、下半身に白い布を巻いた筋骨隆々のインド人男性たちが、煉瓦《れんが》のようなものを重ねてせっせと何かを作っています。

これはなんだ？　マッチョの煉瓦置きショーか何かか？

「インド古典数学における多色方程式」よりは理解できそうでしたが、どのあたりが「ゼロ」と関係しているのかわかりません。

「ヴリティカ、助けて」と横を見ると、彼女は隣に立っていた若い男性に話しかけ、仲良さそうに何かを話しています。そのまま、しばらく会話をしています。

「まさか、ナンパでもしてたの？」と私が聞くと、「はい」とヴリティカはにっこりうなずきました。

呆《あき》れはてた私に、ヴリティカは「『アグニチャヤナ』って言うらしいですよ」と言いました。

「なんの話？」

「目の前で彼らがやっていることです。アグニ神を祀《まつ》る、インドでも最大規模の祭式です。本当の『アグニチャヤナ』は何十年かに一度しか行われないのですが、彼らはその再現をしてい

4　のちに私が自分で調べたところによると、「ブラフマグプタ」は七世紀インドの数学者で、「ブラーフマスプタシッダーンタ」はブラフマグプタが書いた本の名前のようです。「ガニタ」とはサンスクリット語で「数学」の意味で、「ビージャ」は「代数」を表しているそうです。「パーティー」は「計算の手順、アルゴリズム」の意味で、つまりトム（クマール）の講演は、「七世紀の数学者ブラフマグプタが書いた『ブラーフマスプタシッダーンタ』によると、数学における代数分野がアルゴリズムを生みだした」という話だったようです。

るようです。二千個の大きな煉瓦を重ねて巨大な鷲《わし》の形をした祭壇を作っているみたいです」

「なんのための儀式なの？」

「死者を送る儀式のようです。『アグニ』とは火のことで、『チャヤナ』は積み重ねる、という意味です。古代インドにおいて、火には死者を祀る意味合いがあります」

なるほど。日本における灯籠流《とうろうなが》しのようなものなのでしょうか。

「ずいぶん詳しいね（ヴリティカ、やるじゃん）」

「全部彼が教えてくれました」と、隣に立った男性を指差すヴリティカ。

「ちなみに、この儀式と『ゼロ』にはどんな関係があるの？」

ヴリティカが男性にヒンディー語で何かを聞きました。しばらくして「この儀式が『ゼロ』を生んだという説があるそうです」と言いました。

「アグニの神様と交信した結果、『ゼロ』の概念が舞い降りてきたってこと？」

「違います」とヴリティカが首を振りました。「昔の技術では煉瓦を細かく切断することはできませんでした。祭壇の鷲の形を表現するために、数学が生まれたのです。煉瓦を斜めに切ったときの長さを計算し、他の煉瓦の断面の長さと揃える。縄を使って長さを測り、決められた角度に煉瓦を並べる。それに、煉瓦を積みあげるときは下の段と上の段が互い違いにならなければなりません。それらを実行するために、複雑な計算が必要でした。昔の人はそうやって鷲と数学を作ったのです」

「なるほど（ヴリティカ、やるじゃん）」と感心しながら、私は何枚か写真を撮りました。この祭壇が完成するのはDay 7のようです。そろそろ四谷先生の講演の時間も迫っていますし、いつまでもこの場にいるわけにはいきません。

ヴェーダとヒッグス粒子

四谷先生の講演会場となっていた五号館は真新しい十一階建ての大きなビルで、一階と二階が講堂になっていました。インドで四谷先生にどれだけ知名度があるのかはわかりませんが、他の講演と比べても多くの人が注目しているようで、五号館の講堂前にはかなりの人が待っています。両開きの扉を開けると講堂内はすでに満席でして、四谷先生の前の人がまだ発表をしています。講演のタイトルは「ゼロの起源」という、まさしく「ゼロ・フェスティバル」のど真ん中に位置するもので、英語での発表ということもあり、講堂内に入って立ち聴きしてみました。

講演をしているのはデリー大学のサハデフ教授です。どうやら「ゼロの起源を知ることは、宇宙の起源を知ることでもある」というようなことを話しています。サハデフ教授によれば、そもそも宇宙が誕生する前から、「ゼロ」は存在していたそうです。この場合の「ゼロ」とは、

「無」のことです。何もなかった場所でビッグバンが発生し、宇宙が誕生しました。「ゼロ」は宇宙が誕生するより先に、すでに存在していたというわけです。サハデフ教授は、すべての物質に先駆けて存在していた、宇宙誕生以前の「ゼロ」について理解することが、あらゆる哲学的な存在論の基盤になるはずだ、と主張しています。私たちは「ゼロ」から誕生し、この世界ができたのです。そして、いずれは宇宙の寿命という「ゼロ」にまた帰っていくのです。

そこまではよかったのですが、途中で「ゼロの存在論」と「輪廻転生《りんねてんしょう》」を組み合わせるための理論をいかにしてヴェーダから見つけたか、という話をはじめたところから怪しくなっていきます。最近の研究で、ヒッグス粒子に関する記述がヴェーダの中に存在していたことがわかった、という話になると、もうついていけそうにありません。

そもそも、「ヴェーダ」とはなんでしょうか。

「ヴェーダ」とは紀元前に編纂《へんさん》されたインドの宗教文書です。神から受けとった真理が口述で伝承され、その一部が文字に起こされて文書として残っています。バラモン教とヒンドゥー教の聖典であり、すべての知識の源泉であるとされています。ヴェーダをアーリア人の中だけで口承するために、カースト制度が生まれたともいいます。また、インドでは、ヴェーダを研究するために音声学、文法学、天文学などの各種学問が成立しました。

ヴェーダは真理である。ゆえに、すべての学問的発見は、ヴェーダの中に含まれていたはずである――そういう考え方が今でも存在するといいます。長年ヴェーダの研究をしているサハデフ教授もその立場から講演をしているのでしょう。ヴェーダの成立から二千年以上あとに確認されたヒッグス粒子でさえ、もともとヴェーダに含まれていた。なぜならヴェーダにはすべての真理が含まれているから、という理屈なのです。

さて、この理屈を成立させるために、サハデフ教授はかなりアクロバティックな理論を展開しています。神の話が存在の起源の話になり、存在の話が質量の話になります。質量を説明するためにスカラー場と創造神ブラフマーを結びつけ、ブラフマーの静止、すなわち「絶対的現実の停止」が素粒子のスピンと電荷の話にすり替えられます。こうして、創造神話がヒッグス場と質量の起源の話へと展開するのです。

難解な話ではありましたが、量子力学の話も交じっていたので、ガニタのビージャがパーティーを生みだした話とは違い、私にも多少は理解ができました。ですが、サハデフ教授の論法を使えば、この世のどんな発見でさえ、ヴェーダにこじつけることができてしまうような気もします（もちろん、それだけの余地を持っていることがヴェーダの価値なのかもしれません）。

サハデフ教授は最後に、「今、私が話したことの真の価値は、四谷教授の発表を聴くことで明らかになるだろう」と言って講演を締めました。

さあ、いよいよ四谷先生の出番です。

四谷夢玄とは何者か？

みなさん、四谷夢玄（敬称略）という人物を知っていますか？

四谷夢玄は理論物理学者でした。「でした」という表現が正確かどうかはわかりません。彼女は今でも「理論」と「物理学」の研究をしているからです。四谷夢玄は天才児として有名で、七歳のときに手計算でメルセンヌ数と呼ばれる数の素因数分解に成功して、テレビや新聞などにも取りあげられました。フランスの数学者、メルセンヌは「2^p-1 が素数になるのは p が 257 以下のとき、$p=2, 3, 5, 7, 13, 17, 19, 31, 67, 127, 257$ の11個だけである」と予想しました。四谷夢玄はそのうち、$2^{67}-1=147573952589676412927$ であり、かつ $193707721\times761838257287=147573952589676412927$ であることを七歳のときに手計算で求めたのでした。[5] 当時、彼女を取材したテレビレポーターに「あなたは 87539319 に見える」と口にしたことでも有名です。

彼女は優れた数学能力から注目され、十七歳でハーヴァード大学へ入学します。あのノーベル物理学賞を受賞した南部陽一郎先生がいたシカゴ大学の大学院へ進み、二十三歳で博士号を取得し、プリンストン大学で研究員をしていました。しばらくアメリカで理論物理学、主に超ひも理論の研究をしてから、突如としてすべての研究をやめて日本に帰国します。そしてなんと、大学に入学し直してサンスクリット語の勉強を始めたのです。ここで、私と四谷先生の人生が奇跡的に交わります。私たちは親子ほど歳が離れていましたが、大学の同級生だったのです。天文部の同期で（同期とは言え、もちろん敬語です）、コンパをしたり、何度か一緒に合宿へ行ったりもしたのです。

当然の話ですが、天文部の中でも四谷先生の知識量は抜群で、先輩たちもみな「四谷先生」と呼んでいました。世界中で引用されている超ひも理論の論文著者でありながら、四谷先生は気さくな方で、偉ぶったところも説教くさいところもなく、優しいＯＧみたいな感じで部員たちとも打ち解けていました。

大学二年生の夏、小淵沢《こぶちさわ》で観測会をしたとき、曇り空で思ったような観測結果が出ない中、私はついに聞くことにしました。天文部のみんなが気になっていながら、誰一人として勇気が持てずに聞くことのできなかった質問です。

「どうして理論物理の研究をやめてサンスクリット語の勉強を始めたんですか？」

四谷先生はしばらく私の額のあたりを見つめてから、こう口にしました。「神についての方程式を知ってしまったから」

「どういうことですか？」

「どういうことか、確かめるために勉強をしています」

四谷先生はその観測会を機に天文部へ来なくなってしまったので、それ以来一度も会ってい

5　ちなみに彼女は十三歳のときに、$2^{257}-1$が素数でないことも求めました。

ません。大学院生のときに、物理学を専攻していた友人から四谷先生がインドへ留学したという話を聞いたのが最後です。

神についての方程式

時間になりました。四谷先生は脇の階段を上がってステージに立つと、中央に置いてあった長いテーブルの前に立ちました。

「四谷夢玄です。本学で理学部の教授をしております」

短い挨拶をして、四谷先生は軽くお辞儀をしました。見た目も、声も、小淵沢のときとまったく同じように見えます。当時から四谷先生は年齢の割に若かったのですが、宇宙の研究をしすぎて時空を超越してしまったのでしょうか。

「若いころ、私は理論物理学の研究をしておりました。ご存じの方がどれだけいるかわかりませんが、超ひも理論と呼ばれている理論の研究です。超ひも理論とは、この世界を構成するすべての物質は、極めて小さな『ひも』の集まりである、という理論です。たとえばこの机の天板はプラスティックでできています。プラスティックの材料はポリマーと呼ばれる、モノマーを重合した物質です。モノマーの原料は石油で、炭化水素が主成分です。つまり、プラスティックを細かく分割していくと、炭素と水素という原子に行きつくのです。ですが、まだ終わりではありません。原子は正の電荷を帯びた原子核と、負の電荷を帯びた電子から構成されています。原子核はさらに、陽子と中性子に分割でき、それらはクォークに分割できます。クォークは素粒子と呼ばれていまして、これ以上分割のできない、物質の最小の単位です。現在、素粒子は十七種類あると言われていますが、直接目にした人はいませんし、とんでもない技術が生まれでもしない限り、小さすぎて今後も目にする機会はないでしょう。したがって、素粒子がどのような形をしているのかはわかりません。この素粒子がすべて同じ一つの『ひも』である、と仮定するのが、超ひも理論の骨格です」

四谷先生は壇上に置かれていた水を一口飲みました。

「どうして、そんな突拍子もない理論が生まれたのでしょうか。どうせ目にすることができないものを、『ひも』だと仮定することに、なんの意味があるのでしょうか。実は、『ひも』は『ゼロ』を追放するために生みだされたのです」

聴講者の間で、ちょっとしたどよめきが広がりました。ようやく「ゼロ」の話になったからでしょう。

「それまでの物理学では、素粒子をゼロ次元の『点』として扱っていました。形がわからないものなので、便宜的に長さも大きさもない点だと仮定していたのです。しかし、そのことが重大な矛盾を生みだします。電荷を帯びた二つの粒子にかかる電磁気力は、粒子間の距離の二乗に反比例します。素粒子が点であるとすると、どこまでも近づいた粒子間の距離がゼロになってしまいます。反比例とは、割り算のことです。ある数をゼロで割るとどうなるか、みなさんもご存じですよね？　物理学において『ゼロ』と『無限』はコインの表裏のようなものです。距離がゼロになると、粒子に無限の電磁気力が加わることになってしまいます。結果的に、電子は無限大のエネルギーを持つことになり、同時に無限大の質量を持つことになります。これでは電子は動かず、電気は流れません。この矛盾を解決するための暫定的な計算方法である『繰り込み理論』を考えだしたのが朝永振一郎先生で、その功績でノーベル物理学賞を受賞しています。しかし、繰り込み理論だけでは重力の計算ができません。そこで、すべての力を統一して扱うために、『素粒子はひもの形をしている』という超ひも理論が生まれたのです。この『ひも』は、太さはありませんが、長さを持ちます。つまり、一次元の線です。こうして、理論物理学者は、矛盾を生みだす根源的存在である『ゼロ』を追放しました」

隣にいるヴリティカは、七の段も怪しいというのに、四谷先生の話を熱心に聴いています。

「いいですか、もっとも物理学者を悩ませているのは、『ゼロ』なのです。ブラックホール、ビッグバン、真空。有限の世界に『ゼロ』が現れたとき、我々の科学は行き詰まってしまいます」

ゼロの簒奪者《さんだつしゃ》

「ここで一つの実験をしましょう。みなさんに協力してもらいます。今から心の中で、三秒を数えてみてください。数え終わったら手を挙げてください。それではスタート」

四谷先生が手を叩きました。私は目を閉じて数えます。

一、二、三。

目を瞑《つむ》ったまま手を挙げました。すぐに目を開けて周囲を見渡します。ほとんどの人が手を挙げていました。

「ご協力ありがとうございました。手を下ろしていただいて大丈夫です。別に、正確性を競うものではないのでお気になさらず。ではここで、私はみなさんにインドの魔法をかけたいと思います。インドの魔法とは何か？『ゼロ』の魔法です。それではもう一度、みなさんに心の中で三秒を数えてもらいます。しかし、今度はカウントダウンをしてください。準備はいいですか？　スタート」

四谷先生が再度手を叩きます。

三、二、一、ゼロ。

数え終わって私は手を挙げましたが、自分が何をやっているのかいまだにわかっていません。

「みなさん数え終わったようですね。何をしているのかわからずに困惑している人もいると思いますが、大丈夫、魔法はしっかり効いています。思い出してほしいのですが、最初に三秒数えてください、と私が言ったとき、みなさんは『ゼロ』を消していたのではないでしょうか？　一、二、三、という風に。なので、私はみなさんの心に『ゼロ』を復活させました。二度目に数えたときは、きちんと心の中で『ゼロ』を唱えたはずです。これこそがインドの魔法です」

　会場にどよめきと笑いの混じった声が響きます。

「みなさんの心から、始まりの『ゼロ』を奪ったのは誰でしょうか？　実は、私は犯人を知っています。この場で告発いたしましょう」

　四谷先生は会場が静かになるのを少し待ってから、「アリストテレスです」と言いました。

「犯人は古代ギリシアの哲学者、アリストテレスです。多少の冗談も混じっていますが、それなりに本気です。哲学者アリストテレスは『動くものはすべて何かによって動かされる』という、ひとつのシンプルな仮定から議論を始め、『動く』と『動かされる』の違いに注目しました。つまり『動くもの』は『生物』、『他によって動かされるもの』は『無生物』というわけです。二つを隔てるのは、生物には『霊魂《プシュケー》』が存在するという点です。生物の身体そのものは無生物ですが、『霊魂』が身体を動かしているのです。そこからアリストテレスは、霊魂そのものが『生物の原理』であり、『霊魂』自体は動くことができないという結論を引きだしました。その一方で、無生物の運動はすべてなんらかの原因によって『動かされている』状態である、とします。夜空の天体が動いているのは、他の天体によって動かされているからです。したがって、運動にはかならず『動かすもの』の存在があり、もちろんその『動かすもの』にも別の『動かすもの』が存在しています。天体を動かしているのが他の天体であるなら、その天体を動かしているのはなんでしょうか? 運動の原因を辿《たど》っていった末に現れる『最初の動かすもの』、つまり運動の第一原因が『神』であるというのがアリストテレスによる神の存在証明です。

運動の第一原因とは、つまり『ゼロ』のことです。アリストテレスは、『ゼロ』を簒奪して、代わりに『神』を置いたのです。このせいで、『ゼロ』の発見は数百年遅れましたし、西洋に先駆けてインドで『ゼロ』が発見されたことの遠因にもなっています。アリストテレスは現代の物理学者と同じく、『ゼロ』に悩まされていました。その結果、彼は『ゼロ』を神そのもので覆い隠しました」

四谷先生は休むことなく続けます。

「始まりの『ゼロ』は長い間、神によって隠されていました。私たちが何かを数えあげるときに『ゼロ』を口に出さないのも、そのためだという説もあります。しかし、『空』という概念を持つヒンドゥー教徒だけが、神の陰に隠された『ゼロ』について思考することができたのです。『ゼロ』が発見されたおかげで、私たちの生活は一変しました。子どもはゼロ歳で生まれ、一日はゼロ時から始まります。位取り記数法によって計算が簡単になり、大きな数も扱えるようになりました。西洋に先駆けていち早く『ゼロ』を取り入れたアラビアでは商業が栄え、アラビア世界の商法でもあったイスラム教が隆盛しました」

ゼロの発見

「そもそも、ヒンドゥー教とはなんでしょうか？　サンスクリット語の勉強を始めたばかりのころ、私にとって一番の疑問でした。まず、ヒンドゥー教には開祖がいません。キリスト教にはキリストが、仏教にはブッダが、イスラム教にはムハンマドがいますが、ヒンドゥー教は不明です。したがって、成立した年代も不明です。しかし、ある意味では当然のことです。ヒンドゥー教は宇宙の真理であるので、世界が誕生する前から存在し、終焉を迎えたあとも存在するからです。また、ヒンドゥー教には聖書やコーランにあたる、聖典もありません。つまり、ヒンドゥー教のすべてを貫く教義も不明確なのです。

ヒンドゥー教とはなにか。インド人は十四億人います。二億人がイスラム教徒です。キリスト教徒が三千万人、シーク教徒が二千万人います。仏教徒が一千万人いて、ジャイナ教徒が五百万人います。ゾロアスター教徒や、その他の少数部族を除くと、残りは約十一億人です。彼らが信奉している、多様な信仰形態をまとめて、ヒンドゥー教と呼んでいます。

ヒンドゥー教は西洋式の『宗教』とは違います。ヒンドゥーという言葉はインドの語源でもあり、インダス川とガンジス川に挟まれた土地の名前にすぎません。ヒンドゥー教は、インドで生活する人々の生き方であり、社会的な制度なのです。そういうわけで、ヒンドゥー教は神の性質に関する共通の主張を持ちませんし、他宗教にも寛容です。当然、神の存在証明のために邪魔だった『ゼロ』にも寛容だったわけです。ヒンドゥー教徒にとって、神が一人だろうと複数人だろうと、そもそも存在していなかろうと、大きな問題ではなかったからです。

さて、『ゼロ』のない世界を想像してみましょう。その世界において、数字はこの世界の実在と固く結びついています。ウサギが一匹いる。幅二メートルの川がある。この日三回目の食事をする……。一方で私たちは、数の不在——すなわち『ゼロ』に値する状況を否定形で表現します。ウサギがいない。川がない。まだ食事を食べていない。ゼロ匹のウサギも、ゼロメートルの川も、ゼロ回目の食事もありません。一に三を足したり、八から五を引いたりするとき、私たちは三匹増えたウサギについて考えます。二匹のウサギをゼロ倍することの意味を理解することは困難です。

数字が、数字のまま意味を持つためには、『ゼロ』が絶対に必要です。『ゼロ』とはすなわち、数字を自由にするものです。数を、この世界の実在という呪縛から解き放つものです。数学という学問は、『ゼロ』とともにようやく発見されたのです。発見したのはインド人です。アリストテレスは西洋的宗教観においては不都合な『ゼロ』を覆い隠していました。それまで、数は世界の実在と結びついていましたが、『ゼロ』が発見されたことによって、世界は実在を飛び越えました。この世でもっとも自由で、論理に従っている限り、あらゆることが許容される、数学という世界が誕生したのです」

ゼロで割る

「6÷2=3です。35÷7=5です。このとき、3×2=6ですし、5×7=35です。割り算とは順番を変えた掛け算です。$a÷b=c$ のとき、かならず $c×b=a$ になります。この式はたったひとつの例外を除いて、常に成り立ちます。例外とは『ゼロ』です。

$b=0$ だとしましょう。つまり、$a÷0$ について考えるというわけです。$c×0=a$ を満たす c は存在するでしょうか。どんな数でも、ゼロを掛けるとゼロになってしまいます。この問題に答えが存在するのは、$a=0$ のときだけです。しかし、このとき、c はすべての数となってしまいます。

先ほど私は、数学では『あらゆることが許容される』と言いましたが、たった一つだけ例外があるのです。数学において、『ゼロで割る』ことは許されません。多少なりとも数学をやったことのある者なら、割り算をするときはかならず分母がゼロになっていないか確認します。『ゼロで割る』という行為は、身体的苦痛や、言いようのない不快感を伴います。もちろん、数学にはこれまで、さまざまな禁忌がありました。平方根の中身が負の数になったらどうか――私たちは虚数を考えました。不連続な関数はリーマン積分ができない――ルベーグ積分を考えました。[6] 今や、『ゼロで割る』は数学における唯一の禁忌なのです。

西洋において、長い間『ゼロ』の存在が隠匿されていたという話はすでにしたと思います。その秘密を暴き、数学という楽園を築くきっかけを作ったのが、インドにおける『ゼロ』の発見でした。しかし、私たちは今、量子力学と相対性理論の接続という段階において、再び『ゼロ』の恐怖に怯えています。ブラックホール、ビッグバン、真空。『ゼロで割る』せいで、無限大となってしまう電磁気力。

超ひも理論は、物理学の世界から『ゼロ』を追放する理論です。姿のわからない素粒子を一次元の物質だと仮定する。それによって、『ゼロ』を回避する。私たちは再び『ゼロ』を隠そうとしています。インドで『ゼロ』が発見された千年以上前の時代へと回帰しようとしているのです。私の仕事は『ゼロ』を取り戻すことです。私たちは、文字通り『ゼロ』から、まったく新しい理論を構築しなければなりません。世界に『ゼロ』を代入して、神を見つけましょう。そして、それができるのは『ゼロ』を見つけだした、インド人だけなのです」

会場からは盛大な拍手が鳴り響きました。隣に立っていたヴリティカはどういうわけか、涙

6　この辺のことは数学が苦手な方は読み飛ばしてください。

を流しています。七の段も怪しい彼女に四谷先生の話がすべて理解できているとは思えないのですが、熱い気持ちだけは伝わったのでしょうか。

もちろん、私だってすべて理解できているかはわかりませんし、とりわけ数学に関しては四谷先生の足元にも及ばぬほどの知識しか持ち合わせていません（何せ、彼女は七歳でメルセンヌ数の素因数分解をした人物です）が、私は違和感のようなものを抱いていました。それはきっと、四谷先生の議論の仕方が数学者のものではなく、宗教家のものだったからです。

たとえば「不連続な関数はルベーグ積分できる」と主張するのであれば、それと同時に「ゼロで割ることは数学上の禁忌である」と主張するのは難しいと思います。「ゼロで割る」ことが「身体的苦痛を伴う」という意見は一定程度理解できるのですが、ゼロ除算自体はアフィン拡大実数として（一応）定義することが可能です。不連続な関数をルベーグ積分するのと同じように、あるいは平方根の中身に負の数が取れるように、「ゼロで割る」ことだって理論上は可能です。

超ひも理論についても、物理学から「ゼロ」を追放する理論である、というまとめ方は確かに「完全な間違い」とは言い難いとはいえ、かなり限定した側面だけを切りとっているようにも思えます（もちろん、四谷先生は私なんかよりもずっと超ひも理論について詳しいはずですが）。

拍手が鳴りやんでから、四谷先生は講演を再開しました。

「私は幼いころから数字に触れてきました。ある時期、一年間取り憑《つ》かれたように計算をし続けた結果、本来数学ではないものに、数式が見えるようになりました。たとえば仏教は2^nです。$n=1$のとき、仏教は2を表します。すなわち中道のことです。$n=2$のとき、四諦《したい》を表し、$n=3$のとき八正道《はっしょうどう》を表します。キリスト教は2^n-1で、1, 3, 7と増えていきます。一とは神で、三とは三位一体。七は七つの大罪であり、安息日、つまり一週間のことです。

しかし、本来の『神についての方程式』は、『ゼロ』にあります。世界という『実数』に、ゼロを掛け合わせると、解はゼロになります。このことは、あらゆる物質に神性を見いだすヒンドゥーの教えを表しています。世界に神を掛け合わせれば、いつでも神が現前します。

では、『ゼロで割る』、すなわち世界を神で割ったとき、そこに何があるのでしょうか。私はそれこそが真理であると考えています。しかし、この世界において、『ゼロで割る』ことは禁止されています。これこそ、私たちが真理を掴むことのできない理由なのです」

四谷先生がしばらく黙りました。会場は静まりかえったまま、彼女の口から真理が発せられるのを待っています。彼女の話に懐疑的だった私ですら、どうやれば「ゼロで割る」ことができるのか、どうやれば真理を摑むことができるのか、気になってしまっています。

「私は今、数学の話をしていました。数学とは抽象化された学問で、それ自体は本来であれば現実世界の干渉を受けません。しかし、数学について考える私たちは、この世界という物理空間によって規定されています。この物理空間という制約のせいで、私たちは『ゼロで割る』ことができずにいます。

ここで、物理学の話に戻りましょう。物理学における『ゼロ』とはなんでしょうか——真空です。現実世界に本当の『ゼロ』を作るときのことを考えてみましょう。完璧に密閉した容器から、空気や細かな塵《ちり》を取り除いていきます。物理学の世界では、これはまだ真空ではありません。たとえば、その容器の中には光という、電磁波でありながら光子でもある、物質ではない粒子が残ってしまいます。本当の真空を作るためには、気体分子だけでなく、光子を含むありとあらゆる粒子を取り除かなければなりません。

もし、それに成功したとしましょう。しかし、その容器にはエネルギーが残ってしまいます。零点振動と呼ばれる、電磁場の振動が微小な揺らぎとなってしまい、真空はエネルギーを持つのです。この、どうやっても取り除くことのできないエネルギーのことを、『真空のエネルギー』と呼びます。そして、私たちの住むこの世界の真空は、あらゆる状態の中で、もっともエネルギーの低い真空ではありません。私たちは『偽《ぎ》の真空』の世界にいて、『真の真空』の世界にはいないのです。

難しい話になってしまったかもしれませんが、理解しなくても大丈夫です。つまり、この世界の物理法則は『偽の真空』によって規定されているのです。偽の物理法則に従って生きている私たちが、実在としての『ゼロ』を理解することができないのも当然です。私たちの世界は『ゼロ』ではないのです。

先ほどの話の答えを提出しましょう。真理を摑むために必要なのは、『真の真空』への相転移です。世界の物理法則そのものを書き換える行為です。その世界では『ゼロ』が実在し、当然『ゼロで割る』行為も可能になります。四を二で割ったときのように、世界をゼロで割った答えを、私たち全員が簡単に理解することができます」

その後

四谷先生は「『真の真空』までのロードマップ」という話をして講演を終えました。

正直に言えば、私はその話をあまり覚えていませんし、録音した音声を聴き直す気にもなれませんでした。四谷先生は「偽の真空」と「真の真空」の間にあるエネルギーの山を越えるために、強力な陽子加速器が必要だという話をして、レーザーを用いた宇宙線式陽子加速器の説明をしました。誰かが彼女に開発資金を与えるのかもしれないし、そうはならないかもしれません。どちらにせよ、彼女の話は荒唐無稽で、理解し難いものでした。もし仮に「真の真空」が実現したとして、また、それによって真理が観測可能になったとして、いったいどうするというのでしょうか。真空のエネルギーが変われば、粒子の重さも変わるでしょう。光の速さだって変わるかもしれません。世界がまったく別様な姿になってしまうかもしれないのです。そんな世界で真理を観測することに、いったいどんな意味があるというのでしょう。

私の隣で号泣していたヴリティカは、「記事が完成したらぜひ送ってほしい」と言っていました。私は「わかった」と約束して、翌日の待ち合わせをしてからヴリティカと別れました。

その夜、私はダメ元で四谷先生に「直接会って話ができないか」とメールを送ってみました(メールアドレスはムンバイ工科大学のホームページにありました)。彼女の変わりようを見るに、彼女が私のことを覚えているかどうかも不安になっていましたが、意外なことにメールはすぐに返ってきて、翌日の午前中に彼女の研究室で三十分ほど時間を作ってもらえることになりました。

彼女と直接会って話した内容について、ここで改めて書けることはあまりありません。内容を秘匿しようという意味ではなく、単に会話としてほとんど成立しなかったからです。

私は四谷先生に、「ゼロで割る」という行為がアフィン拡大実数として定義することができるのに、その事実を伏せた理由を聞きました。四谷先生は「そんなことはわかっていますが、話す必要性がなかったから話さなかったんです」と答えました。

「問題は、アフィン拡大実数が実用的な代数体系にならないのはなぜか、という点にあります」と彼女は言いました。「意味がないからです。定義したところで、何も面白いことがわからないからです。面白いことがわからないのは、私たちの『ゼロ』への理解度が原理的に制限されているからです。しかし、『ゼロで割る』ことのできない数論には意味がありません。それでは神について正しい思考ができないからです」

私たちはお互いの近況について話すこともなく、もちろん過去の思い出について話すこともなく、無限や数学的帰納法などを世界の実在として思考することが可能かどうか、というような話をして、特に収穫のないまま三十分の時間を使いきりました。

四谷先生の研究室を出てから、「特集号で『ゼロ・フェスティバル』を取りあげることはできない」という旨を編集部に伝えました。「ゼロ・フェスティバル」は数学の祭典というよりも宗教の祭典であり、かつイデオロギーの祭典だったからです。どう工夫しても科学雑誌にふさわしい記事にはなりません。

編集部は一応の理解を示してくれたものの、私の取材費を誰が支払うのか、という問題が残ってしまいました。私は取引したことのあった別の編集者に相談し、最終的に「現代経済」が記事の掲載と取材費の負担を引き受けてくれたのでした。

私はそういった経緯をヴリティカに伝え、Day 7には参加せずに帰国することを決めました。

というわけで、私は今、当初の予定より一日早くチャトラパティ・シヴァージー国際空港にいて、この記事を書いています。改めて記事の冒頭を読み返し、自分のあまりのテンションの違いに愕然《がくぜん》としてしまいましたが、この落差こそ私が味わった想いを表現しているような気もしてきて、そのままにすることにします。

今、私が楽しみにしているのは、一刻も早く成田へ飛んで、『トップガン マーヴェリック』を観ることです。

*

私は記事をすべて読み終えるとバックアップを保存した。明らかに宗教の話をしているというのに、「数学」や「物理学」という言葉が使われていることに強烈な違和感があった。人々が宗教考古学の研究から去っていくのは、この違和感——不快感と言ってもいい——に耐えられないからだろう。

しかし、少なくとも、この日本語で書かれた記事が、「ゼロ・インフィニティ」の誕生だけでなく、秘密主義的な彼らの信仰の核に関する重大な情報を含んでいることは間違いなさそうである。

私は違和感を忘れようと、本来の研究課題に立ち返ることにした。

「宗教」という、コストが多大でありながら、その効用がきわめて曖昧なミームが、なぜ人類史において長期間広く支持されてきたのか。

私はその答えが、ＶＭＡＴ２遺伝子変異体にあるのではないかと考えている。ＶＭＡＴ２遺伝子変異体のことを「宗教遺伝子」と呼ぶ者もいるが、多少の語弊があると思っている。ＶＭＡＴ２は「被催眠性」をつかさどっている。近代医学が成立していなかった時代、医療行為とはすなわちシャーマンによる祈禱《きとう》であり、根拠に乏しい民間医療だった。病気になった者はお香を焚《た》き、樹皮や動物の骨や乾いた昆虫の粉末などを口にして、祈りの言葉を呟いた。「被催眠性」の高い人間は、プラセボ効果によって体調が良くなり、結果として長生きできた――その仮説は、宗教に「どういう利益があるのか」という疑問の答えになり得た。

四谷夢玄の講演を聴いた人々の多くは涙を流し、感動していたようである。これもひとつの「被催眠性」かもしれない。「ゼロ・インフィニティ」が流行したのは、ＶＭＡＴ２という「宗教遺伝子」と、近代科学によって重要視された「理性」を止揚する部分があったからではないか。そんなことも言いたくなる。

どちらにせよ、この記事を書いた吉竹七菜香という人物には、四谷夢玄の言葉が深く刺さらなかったようだった。「ゼロ・インフィニティ」における謎のひとつ、「伝道者タナカ・ヤスタケの正体」は、吉竹七菜香のことだろう。ナナカ・ヨシタケという言葉を聞き間違えたか、伝達のときに変化したか、今となってはわからないが、初期の「ゼロ・インフィニティ」において、彼女と、彼女の書いた記事が重要な役割を担ったことは間違いなさそうである。

開祖である「ムゲン」とは、四谷夢玄のことだろう——そこまで考えてから、私は四谷夢玄の画像を検索して、その結果に驚いた。四谷夢玄は、デジタルアーカイブに残っている「ムゲン」とは似ても似つかない人物だったのである。念のため、人物一致度を調べたが、「ムゲン」と四谷夢玄の一致度は「ゼロ」だったし、四谷夢玄は「ゼロ・フェスティバル」の四年後、二〇二六年に交通事故で死んでいる。

とはいえ、四谷夢玄が「ゼロ・インフィニティ」の思想的骨格を作りあげた人物であることは間違いなさそうである。彼女の講演内容は、ほとんどそのまま「ゼロ・インフィニティ」にコピーされている。もちろん、四谷夢玄と「ムゲン」には、あるいは「神についての方程式」という講演と「ゼロ・インフィニティ」の信仰体系には、無視することのできない差異がある。たとえば四谷夢玄はシカゴ大学で博士号を取得しているが、「ムゲン」はプリンストン大学で博士号を取得したことになっている。「神についての方程式」では仏教が2^nであるという話をしていたが、「ゼロ・インフィニティ」の信仰体系では言及がない。また、四谷夢玄は「超ひも理論の本質が神学である」という主張はしていないし、「ゼロの場」ではなく「真の真空」という表現を使っている。

これらの差異が翻訳ミスによるものなのか、あるいは意図的なものなのかどうかは別にして、完全なコピーでないことは重要だろう。「ムゲン」は確実にこの記事を読んでいる。そしてその痕跡は伝道者タナカ・ヤスタケという形で残されている。「ムゲン」はこの記事を参考に、

「ゼロ・インフィニティ」の信仰体系を作りあげている。

記事から得られた情報を整理している間も、私の違和感は消えなかった。

三度目に記事を読んだとき、私は違和感の正体に気がついた。ムンバイで開催された「ゼロ・フェスティバル」の記事が日本語でネット上にアップされていることを、「ムゲン」はどのように知ったのだろうか。その事実を知っている人物が、一人だけ存在している。

通訳のヴリティカである。彼女が「ムゲン」なのではないか。

その仮説を確かめるために画像を検索しようとしたが、ヴリティカという名前だけでは候補を絞ることができず、詳細な検証は後日行うことにした。

記事からわかったことをまとめてから、私は「アグニチャヤナ」という儀式について論文のアーカイブで調べた。記録として残っているものでは、二〇三九年の三月二十五日、ヒンドゥー暦における一月《チャイトラ》の一日《シュクラ・パクシャ》、すなわち元日に行われたものである。「ゼロ・フェスティバル」において作られていたのはこの儀式に使う両翼十メートルを超える大鷲で、祭壇を作るための手引きは「シュルバ・スートラ」という本に詳細に記載されている。煉瓦の祭壇には使っていい煉瓦の形や、奇数層と偶数層の差異、一層の総面積など厳格なルールがあり、インド幾何学における最古の教科書であると考えている研究者もいる。

この儀式を正確な日付で行うために必要だったのが暦法で、「シュルバ・スートラ」が幾何学における最古の教科書であれば、暦の計算は最古の代数学だった。すなわち、複雑かつ盛大な儀式がインド数学の発展に大きく寄与したことは間違いないだろう。

「ゼロ・フェスティバル」のDay 7に鷲の祭壇そのものは完成したと思われているが、「アグニチャヤナ」は行われなかったようだ。

歴史上、最後に行われた「アグニチャヤナ」について詳しく書かれた論文の一つは、私の曾祖父アリ・L・ピーリスによるものだった。祭火の入れ方や煉瓦ごとに規定されたマントラの読み方など、誰が気にするのかわからない部分まで詳細に記されており、また、祭主のマントラのアクセントが違っていることや、アーパスタンバ派ではなくバウダーヤナ派の「シュルバ・スートラ」を用いていることに不満を述べている点など、生真面目な性格が滲《にじ》みでているような気がした。

曾祖父は論文の最後に付記として、自分がムンバイ工科大学の助手時代にアーパスタンバ派の「シュルバ・スートラ」を用いて「アグニチャヤナ」の祭壇を作った、と述べていた。

煉瓦を積まれて作られた鷲の祭壇は、祭主を天界まで送る役目を果たすというが、この鷲が曾祖父を、あるいは四谷夢玄を運んでいったのだろうか。

私は根拠のない妄想をした。記事において通訳のヴリティカに「アグニチャヤナ」の詳しい説明をした男性が、曾祖父だったのではないか。この巨大な鷲が、私と曾祖父を意外なところで結びつけてくれたのではないか。そんなことを考えていると、意味もなく涙が流れそうになった。私は涙を必死に堪《こら》えた。私は感情が昂《たかぶ》るとこうして涙を流してしまうことがあり、そのことを揶揄《やゆ》されて幾度となく嫌な思いをしてきたのである。

しかしそれは突飛な妄想ではなかったようだ。論文の末尾には写真が貼ってあった。巨大な祭壇の手前に吉竹七菜香の記事にも登場した「上半身裸、下半身に白い布を巻いた筋骨隆々のインド人男性たち」が横並びになって笑っており、中央には私にそっくりな若き日の曾祖父の顔があった。写真には「二〇二二年、ムンバイにて」と付されている。

「まだ終わっていない」

曾祖父がそう口にした気がした。これもまた、私の前世紀的な幻聴なのだろうか。

しかし、私が抱いた違和感がまだ解消されていなかったのは事実である。

「神についての方程式」という講演と「ゼロ・インフィニティ」の信仰体系には、もうひとつ大きな違いがあるのだ。

あまりにも筋の通らない主張なので真剣に考えていなかったが、実は大きな違いなのかもしれない——私はそんなことを考える。

四谷夢玄は実数をゼロで割ることは禁忌であり、その禁忌を犯した結果こそが真理であると主張していた。しかし、いかなる場合においても、実数をゼロで割れることとくらい、誰でも知っている。$a \div 0$ は真理でも何でもない。

いや、もしかしたら——私はそれ以上先の仮説を演繹的に思考することが困難であることを自覚しつつ、意識を集中させる。

四谷夢玄が「真の真空」への相転移に成功していたら？　物理法則の変更によって、「ゼロで割る」ことが思考可能になった結果が、私たちのいる現代であったら？　私たちは、「大断絶」について、重大な思い違いをしているのではないか？　物理空間そのものが変化しているのではないか？

かつて、古代ギリシアから十八世紀ごろまでのヨーロッパでは、物質は「熱・冷・湿・乾」の四つの性質によって構成されているという定説が広く信じられてきた。しかし、ボイルやラヴォアジエ、ドルトンなどによって原子論が提唱されると、それらの考えはオカルトとなった。「大断絶」では、「原子論」よりもはるかに過激な変化が急速に起こったのではないか。定説が変わったのではなく、物理空間そのものが変わったのだ。それまでの「数学」や「物理学」は、「宗教」として分類されるようになった。私たちが「大断絶」以前の「科学」に違和感と不快感を覚え、洞察や考察を拒むのは、空間そのものが変化したことで、以前の世界について思考することが困難になったからではないか。

私が、というか、私たちが「大断絶」以前の物理空間について想像することは原理的に不可能である――四次元空間について想像したり、四元素によって構成された物理空間について想像したりするのと同様に。原理的に不可能である以上、この仮説は仮説にすぎないし、証明のしようもない。

私は「ゼロ」が想像できない、という事態が想像できない。私は「ゼロで割ることができない」という数論体系が想像できない。ゆえに、四谷夢玄の主張も理解することができない。そんなことに意味があるとは思えないまま、私は「ゼロ」を思い浮かべる。私の脳内に、ゼロの実像がくっきりと映る。しかし、私はどのような真理も手にしていない。

啓蒙の光が、すべての幻を祓《はら》う日まで

超越的な存在や概念を前提とした、反証することが不可能な理論を信奉することを禁ずる。

――ボルツマイヤー理国理律　第三項Ｂ「神の禁止令」

山脈の稜線に青白い光が広がっていく。渓流の清水《しみず》が岩を叩く夜明けの静寂、シラキの賢者は里で一等の駿足に告げる――日没までに親書をボルツマイヤーの王に届けよ。然《さ》もなくば、梟雄《きょうゆう》がこの星の歴史に終止符を打つであろう。

――『ボルツマイヤー叙事詩』第八章二十三節

公転周期は十四ヶ月三日。自転周期は十一時間五十三分。昼の平均気温は十七度。夜の平均気温は四度。地表大気圧は九七〇hPa。プローブの到着は一万七千五百七十三年前。大気圧、大気成分の調整と陸地の緑化はすでに完了。探査プローブの報告によれば、原住生物が存在する確率は極めて低く、Ｂ　Ｏ《ブルーオーシャン》型である。惑星にはケイ素と鉄が豊富で、パラジウムが存在しない。播種《はしゅ》地としては座標３４・ＫＷ１０００７８を選んだ。大河川と海に面した平地で、小麦や稲、大麦などの穀物農耕も可能。地理条件と気候条件より、プロトコルに則《のっと》り、培養器には遺伝子デッキCを使用した。遺伝子デッキCの使用は二十二回目。前回は七四六年の文明持続だった。

——キヴォノによる「フィリップ渦状腕《かじょうわん》、ラケル系第六惑星に関する報告書」

エルドゥアン・ヘルト副議長様

ルディハウス王立正史学研究所で古代オリエント史の研究員をしておりますラヴェナ・ガガミと申します。こうしてお手紙をお送りする無礼をお許しください。

私がこのお手紙をお送りしましたのは、十周期戦争について書かれた『ボルツマイヤー叙事詩』に、見過ごすことのできない重大な矛盾を発見したからでございます——いえ正確には、見過ごすことのできない重大な矛盾に対して、考え得る唯一の仮説を立てることができたからでございます。

これから述べる私の考えには、さまざまな仮定や推察、そしていくつかの憶測が含まれております。とはいえ、それらは理律に反するものではなく、むしろ見逃されていた誤りに対して合理的な説明を与えるものだと考えております。

誓って申し上げますが、私の目的は「理民として真実を探究したい」という一点でありまして、この国の基盤となっております合理的、科学的精神を攻撃する意図は一切ございません。

その意図をお汲みくださり、聡明な副議長様が私の論証に最後までお付き合いくださいますことを固く信じております。

そもそも、私たち王立正史学研究所が歴史研究をしておりますのは、理国の理念である「合理性と客観性」を歴史学の観点から達成するためでございます。ともすれば憶測と妄想、正統化の温床になりやすい歴史学において、私たちは厳密な検証によって導かれた仮説を、さまざまな角度から反証し、その試練に耐えたものだけを正史として認定しております。それゆえに、理国から唯一の歴史学研究所としての特権を与えられているのだと認識しております。件《くだん》の『ボルツマイヤー叙事詩』は、ご承知のごとく、すでにその内容に多くの矛盾や理律違反が認められてはいるものの、同時代の他の書物に比して正史として認定された箇所が比較的多く、また代替となる文書が他に存在しないこともあって、理国の歴史を編纂《へんさん》する上で非常に重要な書物だとされております。

『ボルツマイヤー叙事詩』の中でも、とりわけ理律の成立に深く関わっていると認定されていますのは、大きくわけて二箇所――第八章二十三節から三十六節まで（一般的に「歴史戦役」と呼ばれている箇所）と、第九章一節から第十章十七節まで断続的に描かれているシラキの里との交流（「最初の賢者との対話」）であります。

「歴史戦役」は、シュラーテラヌ帝国によるマネグモへの侵攻からちょうど二周期が経った、暁陽三日の夜明けから始まります。シラキの賢者が「日没までに親書をボルツマイヤーの王に届けよ。然もなくば、梟雄がこの星の歴史に終止符を打つであろう」という言葉とともに、ボルツマイヤーに向けて使者を送りだす場面です。賢者が実際にこの言葉を発したかどうかは、正式な認定がないのでわかりません。とはいえ、この戦いが「梟雄」であるところのシュラーテラヌからシラキの里を、つまり「この星の歴史」を守り抜くものであったことは間違いなく、だからこそ「歴史戦役」と呼ばれているのでございましょう。

「歴史戦役」が開始されたころのシラキの里は、どの国にも属さぬ中立勢力でございました。中立を保つことができたのは、里がウェンディ山脈とアグナ高地によって四方を山に囲まれた天険に位置していたからであると言われております。「渓流の清水」で生産されたシラキ豆腐の豊かな味わいと、里に代々伝わるとされる「理法」の噂は王都ジェラルフにも届いておりました（シラキの「理法」がボルツマイヤー国に伝来したことで「理律」が生まれたことはあまりにも有名であります）。

さて、「歴史戦役」のお話に戻りましょう。シラキの里を出発した使者は、さまざまな障害を乗り越え、日没前に王都ジェラルフに到着します（この使者が機転を利かせて謁見の許可を得る場面なども現代ではよく知られた逸話でありますが、これもやはり事実であったと認定された話ではございません）。ボルツマイヤー王と謁見した使者は、賢者から授かった親書を差しだしました。そこにはシュラーテラヌの軍勢が王都を奇襲するためにウェンディ山脈を山越えしていることと、その通り道にシラキの里があることが書かれておりました。ボルツマイヤー王が援軍を送らなければ、シラキの里は一日も経たずに滅ぶでしょう。そして、シラキを通過したシュラーテラヌ軍は、王都を望むアグナ高地に陣取り、そうなれば市街地が戦場になり、民にも多くの犠牲が出るでしょう、と。

王は使者に対して、「余がお前たちを助けるとして、代わりにお前たちは何を差しだすのだ？」と問いかけました。使者は「『理法』です」と答えました。

「お前たちが『理法』とやらを大事にしていることは知っているが、それにはどれだけの価値があるのだ？」

「『理法』だけが、歴史の終焉から私たちを守ります」

「歴史の終焉とはなんだ？」

「『理法』を学べば、その意味がわかるでしょう」

「『理法』の価値に、自信を持っているのだな？」

「私の首を懸けましょう」

正史学の研究によれば、ボルツマイヤー王は、「理法」のためにシラキの民を救ったわけではないとされています。当時の王宮付き廏舎《きゆうしや》台帳には、暁陽二日のうちに、ボルツマイヤー王が七百頭の軍馬を準備させていたことが記録されておりました。ボルツマイヤー王は、最初からシュラーテラヌ軍がウェンディ山脈越えをしていることを知っていたのです。王はその事実を隠したまま、使者の話を聞いていたという訳であります。どちらにせよシュラーテラヌを迎え撃つことになるならば、シラキの民から何か奪えるものがないかと考えたのでしょう。

さて、ボルツマイヤー軍はウェンディ山脈を越えたばかりのシュラーテラヌ軍とシラキ盆地で戦い、シラキの民の協力もあってシュラーテラヌ軍を退けます。この勝利の後にボルツマイヤー軍はマネグモを奪還し、さらにはシュラーテラヌの帝都を陥落させ、十周期戦争が終結します。

戦場となったシラキの里が復興するまでの間、シラキの民は王都で生活をすることになりました。王は里の長《おさ》であるシラキの賢者を呼び、「『理法』とはなんだ?」と問いかけました。

シラキの賢者は「『理法』とは、破幻《はげん》の理《ことわり》でございます」と説きました。

「破幻の理とはなんだ?」

「我々を虜《とりこ》にする幻を打ち破る術《すべ》でございます」

「余にも幻が見えているというのか?」

「すべての人間が幻に囚《とら》われております」

「どんな幻だ?」

「神という幻です」

このシラキの賢者の応答は理国の者なら誰でも知っているでしょうが、残念ながら正史には認定されておりません。シラキの賢者がボルツマイヤー王に拝謁した記録が見つかっていないからであります。

正史として認定されているのは、シラキの賢者がルベヤールという神官補佐に「理法」の概念を教えたということです。もともとボルツマイヤー王国の神事や神官制度に不満があったルベヤールは、「理法」の重要な概念を学んでいきました。

ルベヤールの雑記帳に「理法」についての覚書が残されていたことから、ルベヤールとシラキの賢者のやりとりの多くが正史として認定されています。たとえばある日、王都の神官が雨乞いの儀式を執り行っているのを見て、シラキの賢者はルベヤールに向かって話をしました。

「シラキ盆地に定住することを決めた開拓民が木材で家を建てていると、痩せ細った一匹の山猫がやってきました。開拓民は不憫《ふびん》に思い、手元にあった穀物を山猫に分け与えることにしました。餌をやるとき、山猫はくつろいだのか寝転んでおり、前足を川に向けていました。すると次の日も同じ山猫がやってきて、開拓民の前で寝転んで前足を川に向けました。山猫は寝転んで前足を川に向けると餌を貰うことができる、と勘違いをしたのです」

シラキの賢者はこう続けました。「私たち人間も、この山猫と同じ幻を見てしまいます。雨乞いをしたあとに雨が降ると、雨乞いのおかげで雨が降ったと勘違いしてしまうのです」

ルベヤールはこう反論しました。

「雨が降らないのは、天が怒っておられるからです。川が海に向かって流れるのは、そこに帰りたいからです」

「蛤《はまぐり》は身の危険を感じると殻の中に足を隠します。私たち人間も、突然大きな音がしたり、背後から何かの気配を感じたりすると反射的に身を屈《かが》め、危険に備えます。蛤はありとあらゆる環境の変化に対して足を隠しますが、人間は刺激があるたびに身を屈めるわけではありません。降り注ぐ雨に警戒することはありませんし、季節の風に驚くこともありません。牙を向けた猛獣に人間が警戒するのは、そこに猛獣による攻撃の意志を読みとるからです。つまり人間は環境の変化による危険性を察知するため、そこに意志が介在しているのかを感じとる能力を持っているのです。その能力を誤ったやり方で使ってしまうことによって、雨という現象の中に存在するかどうかわからない『神の怒り』を発見してしまうのです」

このように、シラキの賢者は王都で前提とされている神の教えを論駁《ろんばく》していきました。王が占星術師に頼るのは「決断を誤ったときに責任を回避するためだ」と指摘し、「神官は自分たちの権威を守るために神という幻を利用している」と断言します。こうしてシラキの賢者の説く「理法」の考え方は、徐々に王都の中で広がっていきます。

私は、シラキの賢者が王に向かって直接そのようなことを口にしたとは思っておりません。ルベヤールの覚書によれば、シラキの賢者は占星術師の存在と神官制度をそれなりに評価していたと思われるからです。曰《いわ》く、「決断に迫られたときにもっとも悪い選択は、『決断を下さない』というものです。占星術師が存在することで、何かしらの決断を下すことができるのなら、最悪の事態を回避する手段として理法に適っています」「勅令に関しても同じことが言えます。

下された勅令にとってもっとも良くないのは、勅令が正しくないことではなく、誰もその勅令に従わないことです。権威の根拠が誤っていようとも、民が勅令に従う限り、神官制度が存在しない国よりも民が一致団結することが容易になるでしょう」

『ボルツマイヤー叙事詩』の第九章における賢者との対話を通じて、王は理法の概念を理解し、深く共感していきます。このことが原因となり、シュラーテラヌとの十周期戦争を終えたボルツマイヤー王国は「理国」と名を変え、超越的な存在への畏怖や神の幻視を禁じ、客観性と合理性を尊ぶ国法である「理律」を公布したのであります。そして、存在しない幻から目を覚ました理国は科学会議を生みだし、現在まで続く「平穏な二千周期」を実現したのでございます。

こうして建国叙事詩を振り返りましたのには、誰もが知っておりますこの話の中に、見過ごすことのできない重大な矛盾が存在しているからであります。その矛盾とは、かつてのボルツマイヤー王国で、神の存在を前提とする雨乞いの儀式が行われていたことや、占星術師が国の決定に口を出していたことではありません。

実を言うと、私がこの矛盾の存在にうっすらと気づいたのは、正史学研究所に入所してからすぐ——今から二十周期以上前——のことであります。長い間、心の奥底に違和感を抱えながらも、その違和感を言語にすることができなかったのは、正史学の前提を覆す矛盾であったからでございます。とはいえ、「理律」の「事象を合理的に説明する仮説を生みだすためには、我々の精神に刻み込まれた思いこみを否定するべきである」という項文に則り、私はこの重大な矛盾を指摘したいと思います。

私が指摘する矛盾とは、シラキの賢者の発言そのものにあるのです。

＊

副議長のエルドゥアン・ヘルトから渡された手紙をそこまで読んで、リンダ・ボルツマイヤーは心の中で指を折った。自分が科学会議の議長になってから、「重大な矛盾」の指摘をしてきたのはラヴェナ・ガガミで八人目で、七人目まではすべて宇宙物理学の研究者だった。「重大な矛盾」の指摘が正史学の分野にまで及んでくるとなると、これまでのようなやり方で処理するのは難しくなるだろう。

リンダは議長室の執務机の前に直立したヘルトに向かって、「どうして彼女——ラヴェナ・ガガミはあなたに手紙を送ったのですか？　研究論文として発表することもできたのではありませんか？」と聞いた。

「もう最後まで読まれたのですか？」とヘルトが驚くような顔をした。

「いいえ、まだ途中ですが、とても面白い着眼点だと思いまして」

ヘルトは議長室の窓の外に視線を送りながら「二つの理由があると思います」と答えた。

「一つは、彼女が指摘した『重大な矛盾』が正史学に大きな影響を与える可能性があるからです。そしてもう一つは、彼女が私の姪《めい》だからです」

「あなたは、この手紙を読んでどう思いましたか？」

「あまりにも仮定と憶測が多く、理論としては無理があるものだと思いましたが、コブモラ・セールルセンの件もあって、簡単には投げ捨てられない仮説だと感じました」

セールルセンは宇宙物理学の研究者だったが、万物理論の検証の過程で地球の過去に対する「重大な矛盾」を発見したとして研究論文を発表した。後の検証で彼の仮説は否定されたものの、彼が提示した「重大な矛盾」はまだ解決していない。セールルセンの名前が出てきたということは、ラヴェナの論証もこの星の歴史に関する内容であることは間違いないだろう。

ヘルトは相変わらず直立したまま、「彼女は理律違反を犯しているのでしょうか？」と聞いてきた。

「どうしてそう思うのですか？」

「彼女は神の存在を論証しようとしています」

「最後まで読んでから判断しましょう」と言って、リンダは再びラヴェナの手紙を手にとった。

彼女は神の存在を論証しようとしています――セールルセンもそこまでは至らなかった。もし彼女が「神」という幻の実在を示唆したのなら、科学裁判を経て死罪が宣告されることになるだろう。どんなことがあっても、理国では神の信仰は死罪に値する。

＊

『ボルツマイヤー叙事詩』は、シュラーテラヌ帝国との十周期戦争を通じて、かつての愚かな王国民の幻想——神を信仰するという誤った認知——が晴れていく様子を描いたものであり、「理律」という正しいパラダイムを手にした新生理国が帝国の邪教を追い払っていく歴史が記されております。その中でも、シラキの賢者は「理律」を生みだした人物として描かれ、この戦争の思想面での英雄でもあります。科学会議の議事堂がシラキ盆地に置かれているのも、シラキの精神を受け継ぐためであると言われております。

かくいう私も、幼年校で初めて叙事詩について習ったときから、シラキの賢者の理性と知性と先進性に深く尊敬と共感の念を抱いてまいりました。私が正史学研究所で古代オリエント史の研究をしておりますのも、シラキの賢者への強い関心があったからでございます。

とはいえ、研究者としてシラキの賢者について調べていると、シラキの民に伝わる教えがあまりにも先進的すぎたのではないか、と感じるようになってまいりました。

「人類は因果関係を想像する能力のおかげで社会を築くことができたが、その能力ゆえ、すべての事象に因果を幻視してしまう。存在しない因果の糸が、神という幻を生みだす。さらに厄介なことに、神を幻視することが人類の文明発達に寄与してしまうという側面もある。とはいえ、適切に観察し、適切に思考し、幻を破ることができれば、人類はより発達した社会を築くことができる」

シラキの賢者の教えを私なりに解釈しますと、以上の通りでございます。「理律」の普及した現在では、私たちにとって当たり前の前提となっておりますが、はたしてこういった発想をすることが二千周期前に可能だったのでしょうか？

私が長年抱いていた「違和感」が「重大な矛盾」に変わったのは、正史学研究所の中世史研究者が書いておりました、「偶然という概念の誕生について」という論文を読んだときのことでございます。詳細についてはここでは触れませんが、「偶然」という概念が理国においてどのようにして誕生し、科学者の間でどのように広まっていったのかを調査した興味深い論文でございます。その論文によれば、「偶然」の概念を理解するためには、「確率」の概念が前提とされるそうです。中世の科学者の間で「確率」の研究が進んでいく中で、確率上起こり得る事象として、「偶然」という概念が広まっていったというのです。逆に言えば、「確率」の概念がなければ、人類はあらゆる事象を「必然」だと考え、その意味や根拠について考えることから逃れられないのでございます。

その論文によって、「偶然」の誕生が正史学の中でも重要視されるようになりました。それまで人類が抱いていた幻をまた一つ破った出来事だからでございます。論文の著者は「偶然」が誕生した時期を、建国百七十周期から二百二十周期と見積もっております。

そこで思い出していただきたいのが、雨乞いの儀式を見たシラキの賢者が、ルベヤールに語ったことでございます。山猫は必然と偶然の区別がついていないから、開拓民の前で寝転んだのです。雨乞いの儀式をしている神官も、必然と偶然の区別がついていないから儀式を続けているのです。シラキの賢者は「偶然」という言葉こそ使っておりませんが、「偶然」という概念がなければ思考することのできない話をルベヤールに伝えているように思えます。しかも「偶然」が誕生するよりも二百周期も前に、この話をしているのです。

正史として認定されておりませんが、占星術を「決断を誤ったときに責任を回避するためだ」という理由で批判していることにも、「偶然」という概念の関与が疑われます。この発言が実際のものでなくとも、『ボルツマイヤー叙事詩』が書かれた二十六周期の時点で、こういった「偶然」を根拠とする批判が行われていたことを忘れてはなりません。

シラキの賢者が存在しないはずの概念を前提にしている、という仮説の根拠は、「偶然」だけではありません。シラキの賢者は「偶然」よりもはるかに後、八百七十周期ごろに発見された「自然淘汰」の概念も知っていたように思えるのであります。蛤の話も然《しか》り、占星術師や神官制度に一定の評価を与えた話も然り。直接的に「自然淘汰」に言及しているわけではありませんが、複数の集合のうち、より優れた形質を持つものが生き残っていく、という発想そのものに、「自然淘汰」概念の前提を見いだすことができるのではないでしょうか。

シラキの賢者は、存在しなかった前提を基に作られた「理法」を説いたのではないか――この仮説に対し、「理律」の精神に則って反証を試みてみましょう。シラキの民は、独自に「偶然」の概念を獲得していた、という可能性も考えられるでしょう。しかし、先ほども述べましたように、「偶然」の概念の誕生には「確率」の概念が必要です。そして「確率」の概念の誕生には「賭博」が必要です。「賭博」も「確率」も、シラキの教えには含まれておりませんし、シラキの里に残された資料にもその痕跡はございません。人類が数百周期もかけてようやく手にすることのできた「偶然」の概念を、シラキの民があらかじめ獲得していたと考えるのは、あまりにも非合理的というものです。「自然淘汰」に至っては、他の複数の概念とともに、「偶然」の概念が前提とされる概念です。科学技術のみならず、知的な営為も歴史の積み重ねによって成立しているのであります。シラキの里において「偶然」の概念の誕生が否定されるなら、それと同時に「自然淘汰」も否定されるべき概念であることは申すまでもないでしょう。

これが、私が発見した「重大な矛盾」でございます。

合理性と客観性。

理国の理念である二つの概念をもたらしたシラキの賢者の発言を、合理性と客観性の精神のもとで振り返ってみると、その内容が非合理的であることがわかったのでございます。前提とする概念がないままに、原理的に破ることのできない幻を晴らしていたのでございます。

どうしてそのようなことが可能だったのでしょうか？

副議長様。胡乱《うろん》な仮説を口にする私をお許しください。しかし私は「理律」にすべてを捧げる一人の学徒として、この仮説を口にしないわけにはまいりません。

あくまでも合理的に、客観的に考えて、シラキの賢者は超越的存在だったのではないでしょうか。

理律に従った論証が、理律に反する結果を導いたとき、それが違反になるのかどうかを判断することなど、私にはできません。とはいえ、私は自らの発見を心の中にしまいこみ、このまま沈黙を続けることもできそうにありません。

この論証がどのように扱われるかは、信頼申し上げます副議長様のご判断に委ねたいと思っております。私は科学会議がきわめて公平かつ公正であることを存じております。理国の現在の繁栄があるのは、科学会議の力によるところが大きいでしょう。聡明な副議長様が、先入観をお捨てになり、私の仮説を検討くださいますものと信じております。

啓蒙の光が、すべての幻を祓《はら》う日まで。

ラヴェナ・ガガミ

＊

なんという皮肉だろう――神が禁じられ、科学がすべてを支配する世界で、ガガミは実に科学的なやり方で神の存在を証明したのだ。

リンダは手紙を机の上に置き、「読み終わりました」と口にした。

「ガガミはどうなりますか？」

先ほどから姿勢を変えずに待っていたヘルトがそう聞く。声こそ落ち着いているが、内心では姫の処遇をひどく心配しているのだろう。ヘルトの額から汗が一筋垂れていく。

「ガガミは賢明でした。この仮説を一般公開する前に、あなたへ私信として送ったからです。彼女の仮説は理律に抵触している可能性がありますが、少なくとも現時点では第三項B『神の禁止令』の違反はしていないと思います」

「そうですか」とうなずいて、ヘルトは大きく息を吐く。

「今回の手紙だけでは、まださまざまな反証が可能に思えますし、彼女はここに書いていない他の証拠も持っているのかもしれません。また、仮にシラキの賢者の発言に矛盾があったとしても、別の仮説を導くこともできるかもしれません。どちらにせよ、何もしないわけにはいかないでしょう」

「彼女が審問会に召喚されるということですか？」

「おそらくそうなるでしょう。そこで彼女の言い分を聞くことになると思います」

「わかりました」

ヘルトと目が合い、リンダは小さくうなずいた。ヘルトもうなずき返して議長室から出ていく。

部屋で一人になったリンダは頭を抱えた。かつて勉強したキヴォノの報告書を細部まで思い出すが、播種計画において似たような状況になったことは一度もないはずで、どのように対処すべきか前例に頼ることはできそうになかった。

さまざまな障害がありながら、ラケル系第六惑星は概《おおむ》ねうまくいっていた。念願だった万物理論を完成させるだけの科学レベルも、社会制度も達成できていた。あとは何らかの偶然によるブレイクスルーがあれば、播種計画の悲願が達成できるかもしれなかった。

物理学の分野で、この星の生物進化に対して矛盾の指摘が入ることはキヴォノの想定内だった。報告書によれば、かつてヴェネガ系惑星は自然淘汰の概念そのものを封印しようとしたが、遺伝子工学の発展は宇宙工学の発展において（とりわけ恒星間航行における遺伝子の組み換えに）必要不可欠で、万物理論を完成させるための必要部品が揃わずに失敗した過去があったらしい。キヴォノはラケル系第六惑星において、遺伝子工学という学問を作りださず、あくまで物理学の一分野として研究させることで、「遺伝子の解析技術」を実現しながら「遺伝的な矛盾」に気を向けさせないという方針を取ることに決めた。

文明の進歩を加速させるため、キヴォノが遺伝子デッキと初期学習キットをテラフォーミングした惑星にあらかじめ埋めこむことが、第二期播種計画では基本事項となっている。つまり、原始生物が長い時間をかけて自然淘汰を繰り返さずに、いきなり人類を誕生させるようになったのだ。そのようなやり方では、科学技術が発達した際に自然淘汰への疑問が生まれてしまうことは避けられない。

それに加えて、歴史学の分野から、まったく想定していない形での疑義が生まれてしまった。「偶然」や「自然淘汰」といった概念の獲得もまた、人類の進化の過程のように、必要な前提があったのだ。キヴォノたちはそういった指摘が現れる可能性を考えていたのだろうか？　考えていたのだとしたら、どのように対処すればいいのだろうか？

私はキヴォノに問いかける。

啓蒙の光が、すべての幻を祓う日まで——私の心に、その言葉が浮かぶ。

＊

ラヴェナ・ガガミ様
はじめまして。科学会議議長のリンダ・ボルツマイヤーと申します。エルドゥアン・ヘルト副議長の同意を得て、あなたが副議長宛に送った手紙を読ませていただきました。また、三日後に追加資料として副議長宛に届いた、あなた自身の仮説に対する考え得るすべての反証と、その反証を退けるだけの証拠についても目を通してあります。
こうした事態は初めてですので、私としてもどのように対処するべきかわからずに悩みました。最終的な決め手となったのは、あなたが手紙の最後に付した「啓蒙の光が、すべての幻を祓う日まで」という言葉です。ボルツマイヤー家の当主として、初代の王が理律の布告に込めた思いを実現すべきだ、と考えたのです。

私は、あなたが指摘した矛盾についいては思いも及びませんでしたが、シラキの賢者がどうして矛盾を犯してしまったのか、その答えになると思われる真実なら知っています。

まず言っておきたいのは、あなたの仮説が間違っているということです。やはり、神は存在しません。ですが、あなたが間違っているのは仮説の部分だけで、その他の論証に不備はありません。

では、なぜシラキの賢者は、存在しない概念を前提にすることができたのでしょうか。


私たちがこれほどまでに発展した要因は、「理性」と「共感」にあります。

「理律」にも記されているように、帰納法によって個別の結果から法則性を見つけだす能力と、意外な結果からその原因を想定する逆行推論《アブダクション》の能力――すなわち「理性」の能力は、理国でとりわけ重要視されてきました。そして「共感」の能力のおかげで、私たちは社会を形成し、他者と交流し、知識を蓄積し、一世代では実現不可能な発展を遂げることができました。

「理性」と「共感」。この二つの能力のおかげで、私たちは事象の因果関係を深く考察することができるし、その考察を集団で検討することができます。その一方で、この能力が私たちに幻を見せてしまうのです。原因のわからない出来事が起こると、自分とは異なる能力を持った超越的な存在を仮定してしまったり、因果関係のないところに存在しないはずの意志を見いだしてしまったり、そういったことが往々にして起こります。かつてボルツマイヤー王国に神官制度が存在し、雨乞いをしたり占星術師の力を借りたりしていたのも、人類に「理性」と「共感」が存在するからなのです。つまり、同一の能力が時には科学の発展に寄与し、時には非科学的な幻を見せるのです。人類が「播種計画」の悲願を達成するためには、なんとかして私たちの認知から非科学的な幻を取り除かなければなりません。

「播種計画」とは何か、今から説明しましょう。「播種計画」とは、万物理論を発見し、新たな宇宙を創造するための計画です。かつてオリオン渦状腕のメセダ系第三惑星に暮らしていたキヴォノという生命体は、宇宙そのものに寿命があることを知り、自分たちの文明を永続的なものにするため、新しい宇宙の創造を試みました。エントロピーが最大になり、この宇宙が熱的死を迎える前に、別の宇宙に移り住もうと考えたのです。ですが、キヴォノたちは、宇宙創造のために必須な万物理論を、自分たちでは原理的に導くことができない、ということを証明してしまったのです(彼らの言葉を使えば、「論理的限界により、万物理論を導くことが不可能であることが示された」)。つまり、彼らの認知の限界が万物理論の発見を妨げていたのです。

キヴォノたちは、自分たちに代わって万物理論を完成させる知的生命体を探しはじめました。そうして辿り着いたのが人類だったわけです。彼らが人類を発見したとき、人類——私たちの祖先――はここからはるか遠くの惑星で文明を築いていました。その文明は万物理論の完成に近づきましたが、結局は非科学的な幻に魅せられ、科学が敗北し、空虚な陰謀が国家を動かし、ついに万物理論に到達することはできないまま滅びてしまいました。

キヴォノたちは、人類にもう一度歴史をやり直させることに決めました。「播種計画」は、さまざまな星のさまざまな環境で人類の文明を何度も繰り返すことで、万物理論を完成させる計画なのです。

どうして私がそのことを――キヴォノという存在を知っているかというと、キヴォノは科学会議を通じて、私たちの星に関わり続けてきたからです。「播種計画」の繰り返しの中で、ほとんどの人類文明が科学を発達させる前に滅びてしまうことに気づいたキヴォノは、人類の発展の過程に積極的に関与するようになりました。シラキの民を通じて、ボルツマイヤー王を通じて、そして科学会議を通じて、私たちが神を信仰したり、組織的な宗教を興したり、偏見に囚われたり、空虚な陰謀を信じたりすることを防いできたのです。

あなたが発見した「重大な矛盾」は、キヴォノが理国の誕生と発展に関与してきたせいで生まれてしまったのです。もちろん、この銀河のさまざまな惑星に人類を「播種」してきたキヴォノは、ある種の超越的な存在であると言えるかもしれません。それゆえに、科学会議はキヴォノの存在を秘匿しているのです。キヴォノの存在が明らかになれば、その存在を神として崇《あが》める人が出てくるでしょう。そうすれば、「播種計画」の悲願は遠のいてしまいます。

私は今、悩んでいます。困っている、と言ってもいいでしょう。すでに七人の宇宙物理学者が、人類が自然淘汰によって進化した存在ではないことに気づいています。そしてあなたのように、歴史学の研究者まで、この矛盾を指摘するようになりました。このあと、数学者や経済学者が同じ矛盾に気づくこともあるでしょう。キヴォノが人類に関与したことで生まれた「理律」が、同じ理由で危機に晒されているのです。

もう、如何様《いかよう》にもしようがないのかもしれません。理国の建国以来、二千周期も秘匿されてきた真実を、今後も隠し通すことができるかどうか、確信が持てなくなってきました。

ボルツマイヤー家の者を除けば、キヴォノの存在を知っている者は存在しません。副議長ですら知らないのです。つまりあなたは、ボルツマイヤー家以外で、初めてこの星の真実を知った人物になります。この手紙は、受けとり次第、適切な形で処分してください。

私は、この国がどうするべきか、どのような選択を取るべきか、聡明な研究者であるあなたに問いかけたいと思っています。この国の未来を危険に晒してでも「播種計画」の真実を明らかにするべきか、あるいはあなたと一緒に口を閉じてこの事実を隠し通すか。

啓蒙の光が、すべての幻を祓う日まで。

リンダ・ボルツマイヤー

＊

リンダ・ボルツマイヤー議長様

お手紙謹んで拝読しました。まさか議長様から直接お返事がいただけるとは思ってもおりませんでしたので、非常に驚いておりますとともに、研究者としてこの上なく光栄なことと感じております。

議長様からいただきましたお手紙、幾度となく読み返してから、適切に処分いたしました。未《いま》だに信じられないという気持ちもございますが、考えれば考えるほど、超越的な存在を前提とせずにシラキの賢者の発言の矛盾を解き明かそうとすれば、地球外知的生命の関与以外に答えがないように思えてまいります。私の仮説は間違っておりました。キヴォノの「播種計画」と、私たち人類への関与があったからこそ、シラキの賢者が存在しないはずの概念を獲得していたのです。

議長様が私のような一研究者にこの国の未来を決する判断をお任せくださったことに戸惑いもありますが、私の答えは一つでございます。啓蒙の光が、すべての幻を祓う日まで、私たちは真実を明らかにしていくべきです。

もちろん、議長様が懸念しておられますように、今後の理国では神を信仰する人が増え、今の体制を維持することは難しくなるかもしれません。私たちのすべてを定める「理律」が、外部の存在によってもたらされたことが判明するのですから、科学会議は「神の禁止令」に違反した人々を審問する権利を失うことになるのは目に見えております。

とはいえ、キヴォノの存在を秘匿することは、「理律」に従って生きている人々の目から不都合な真実を隠し、彼ら彼女らに都合のいい幻を見せることを意味することになりませんか。幻を否定するはずの「理律」が幻を見せていることになってしまうのです。

私はキヴォノの存在と、「播種計画」のすべてを明らかにしたいと思っております。率直に言えば、副議長にお送りしました手紙の仮説を書き換え、論文として公表したいです。審問会があれば、その席で真実をお話しします。この決定は、人類と科学がより一層発展していくために必要であると、固く信じております。

啓蒙の光が、すべての幻を祓う日まで。

ラヴェナ・ガガミ

＊

人類は自然淘汰を経て進化した偶発的な生き物であり、他者への共感と因果関係の把握を武器に社会を形成してきた。その能力が神という幻を生みだす。論理の手順を誤った順番に入れ替え、後件肯定という形で一般化してしまう。仮説が論理的に正しいかどうかは別にして、実験結果に矛盾がなければ理論として受け入れられていく。

つまり「仮説」とは、ある種の神なのだ――ガガミの論証を読んで、そんなことを考える。「仮説」とは論理的に存在してはいけない幻であり、その幻を祓うことが論証であるというのなら、論証を与えているのは神である。

ガガミは二重の意味で神の存在を証明している。「偶然」という前提を与えた神。そして証明そのものを成立させている神。

キヴォノが論理的な生物であることはよく知っている。だが、論理的であるがゆえ、仮説というものを立てることができないのだろう。第七惑星の軌道が円軌道と合致しないときに、「第七惑星は恒星ラケルを焦点とする楕円軌道を描く」という仮説を立て、そこから「すべてのラケル系惑星は恒星を焦点とする楕円軌道を描く」という前提を一般化することができない。だからキヴォノは原理的に万物理論を導くことができない。

私たちは幻を見る。ときに愛する人との運命を幻視し、届かない幻想をぶつけあって傷つく。あたり一面に神への回路がある。誰かを助けるための技術が誰かを傷つけるように、幻が私たちの現実を作りだし、幻が理性を象《かたど》っている。

啓蒙の光がすべての幻を祓うのならば、私は世界のすべてを祓わなければならないのだろうか。

＊

フィリップ渦状腕、ラケル系第六惑星に関する報告書（太陽系本部宛）

公転周期は十四ヶ月三日。自転周期は十一時間五十三分。昼の平均気温は十七度。夜の平均気温は四度。地表大気圧は九七〇hPa。プローブの到着は一万七千五百七十三年前。大気圧、大気成分の調整と陸地の緑化はすでに完了。探査プローブの報告によれば、原住生物が存在する確率は極めて低く、ＢＯ《ブルーオーシャン》型である。惑星にはケイ素と鉄が豊富で、パラジウムが存在しない。播種地としては座標３４・ＫＷ１００７８を選んだ。大河川と海に面した平地で、小麦や稲、大麦などの穀物農耕も可能。地理条件と気候条件より、プロトコルに則り、培養器には遺伝子デッキＣを使用した。遺伝子デッキＣの使用は二十二回目。前回は七四六年の文明持続だった。

銀河中央科学会議ＳＣＣはラケル系第六惑星を「準誘導型文明」に認定し、フェイズ６Ｅにおいて「最小限の関与による最大限の効果」を目指し、自立型アンドロイド「エージェントβ」による文明関与を行った。その結果、フェイズ６Ｅにおける最大規模の国家であるボルツマイヤー国は「破幻の理（神概念による知性のハレーション防止策）」を「理律」として採用し、ＳＣＣを模した「科学会議」という集団による統治が始まった。「科学会議」はＳＣＣの最小ユニットとしてフィリップ渦状腕支部から定期連絡を行い、知性のハレーションが起こらないように監視した。

フェイズ12で、歴史学者が「偶然」という概念の使用から、自立型アンドロイドによる文明関与の痕跡を発見するという問題が生じた。ゲノム解析による遺伝子デッキの発見には多数の例があるが、このタイプの発見は「準誘導型文明」として初めてのケースである。文明の体制を揺るがしかねない問題ではあったが、「科学会議」から定期報告書がＳＣＣ支部へ届くより前に、歴史学者によってこの事実が公開され、結果として「科学会議」はフェイズ12で解体されることとなった。

以下は解体された科学会議議長からの定期報告書の引用である。

「神を信じること、神を信じることを禁止すること、誰かを想うこと、新しい理論を構築すること、物語を作ること、真理を求めること、理論に身を捧げること、万物理論を夢見ること、悲願を持ち続けること。それらがすべて、進化の過程で生まれた幻であるならば、幻が私たちの社会を生みだし、私たちの喜びと怒りを生みだしたのではないでしょうか。

今はまだ、大きな変化はありません。革命も起きていませんし、神は禁止されたままです。しかし、一人の歴史学者が神と科学の源泉が実は同じ場所にあったのだと証明してしまいました。幻を覆っていた幻を祓い、そこにはただ幻があるだけだという事実に辿り着きました。二百四十六光年離れた場所にあるフィリップ渦状腕支部から連絡が返ってくるのは、おそらく五百地球年後になるでしょう。そのころには、もう理律によって支配された社会は存在していないはずです。ボルツマイヤー家も、科学会議もなくなっているでしょう。すでに神と科学の境界が破られてしまいました。

　しかし、私は強く信じています。より豊かな幻が私たちの社会を彩り、のびやかな想像力が万物理論の聖杯へと届く未来を」

　定期報告書を確認したフィリップ渦状腕支部は統計解析により、ラケル系第六惑星が一神教症候群を発症した確率が八十七パーセントだと見積もり、二度目の「エージェントβ」の派遣を決定。罹患《りかん》惑星として他惑星への伝播《でんぱ》を防ぐとともに、宗教の統制を整備する方針に切り替えた。

　以上の経過により、「準誘導型文明」のフェイズ進行によって生じ得る新たなリスクが発見された。

フィリップ渦状腕支部執政官キヴォノ

ちょっとした奇跡

カティサーク号の船尾には酒瓶を掲げた魔女の像がある。チタンの合金を特殊な塗料で覆っていて、七十キロもの重量があるという。台座には「すべてのクルーは船のため、そして計画のため、常に最善の行動を取らなければならない」という格言が記されている。必要不可欠なものだけで作られた船において、その像と台座は一際目立っていた。

「魔女の像は、この船に載せることが許可された唯一の『無駄なもの』だ」

機関士長のゼンガンがそう教えてくれたことがある。ゼンガンはクルーの中で三番目に長生きで、四十二年前の大停止のときもすでに機関士だった。

「どうして像を捨てないの?」と僕は聞いた。カティサーク号には、エネルギーの消費を最小限に抑えるための厳格な積載物制限がある。そのルールは、まだ言葉も喋れない赤子のころからきつく教えこまれてきた。船には食べきれない食糧を積むことも、使い道のない水を積むことも、働かない人間を乗せることも許されていない。必要以上に人口を増やさないため、男女比や出産は完全に管理されていて、許可がなければ子どもを産むことだってできないし、求められている性別でなければ中絶をしなければならなくなることもある。

もし積載量を七十キロ減らすことができたなら、代わりに僕たちはいろんなものを積みこむことができる。夜食用の保存食だって、通信用の端末やアンテナだって、暇をつぶすための前時代の玩具《がんぐ》だって。もっと言えば、僕と同年代の友人をノアズアーク号から連れてくることだってできるだろう。

「そもそもカティサークという名前の由来は、まだ地球が自転していたころに遡《さかのぼ》る」とゼンガンは答えた。「もともとはスコットランドの詩に登場する魔女に由来しているらしいな。その魔女の姿から名前をとった帆船《はんせん》があって、その帆船から名前をとった酒があった。二千年以上前に俺たちの船を作った人々は、カティサークの酒で船の完成を祝ったそうだ。そうやって船の名前が決まって、魔女の像が作られた。まあつまり、あの像には前時代を生きた『レーンの殉教者《じゆんきようしや》』たちの想いが詰まっているってわけだ。あの像にシンガリを任せることで、俺たちは安心して働くことができる」

僕は「なるほど」とうなずいた。完全に理解したわけでも納得したわけでもなかったけれど、ゼンガンが「必要だ」と言うのなら、きっと像は必要なものなのだろう。ゼンガンの年齢になれば、きっと僕にもその意味がわかるはずだ。

「レーンの殉教者」は僕たちにとって神であり、始祖であり、英雄である——かつてそう教わったことがある。

神や始祖、英雄という言葉がピンと来ない僕にとっては、偉大な兄貴みたいな存在だ。

ずっと昔、遠い宇宙から天体が飛んできて、地球に引きつけられた。そのままどこかに飛んでいってくれたらよかったものの、その天体は居候《いそうろう》を決めこんで、二つ目の月になった。二つの月――「月」と「偽月《フェイク・ムーン》」は反対方向から地球を引っ張り合い、地球の自転の速度は徐々に遅くなっていった。

自転が止まるとどうなるか。まず「一日」がなくなる。「一日」は地球がくるくる回っているから存在していたのだ。太陽に面している部分は常に昼になり、面していない部分は常に夜になる。太陽をゆっくりと公転する一年の間に、地球上のすべての地点が白夜《びやくや》と極夜《きよくや》を半年ずつ繰り返す。太陽が当たり続ける昼は灼熱《しやくねつ》の地獄になり、光の届かない夜は酷寒の暗闇になる。自転による遠心力がなくなるので、赤道付近の海水が南北に流れだす。赤道の海が涸《か》れて剝《む》きだしの荒地になり、緯度の高い地域は水没して陸地がなくなる。自転が生んでいた磁場がなくなり、地球には「太陽風《たいようふう》」と呼ばれる現象により高濃度の放射線が降り注ぐ。

昔の人類は、自転が完全に止まってからも生き残るため、大きく分けて三つの策を考えた。一つ、偽月を水爆によって消す策。二つ、月や火星に移住する策。三つ、地中深くにシェルターを作る策。どの策も最後まで真剣に考えられたようだけど、どれも致命的な問題があって、結局どれでもない策が採用された。少人数のクルーが収容できる乗り物を作り、気象条件や放射線の関係から、比較的生活しやすい「昼と夜の境目」を移動し続けるという四つ目の策だ。

そういうわけで、今地球には二つの船がある。公転に合わせて昼を追いかけ続けるカティサーク号と、ちょうど地球の反対側で夜を追いかけ続けるノアズアーク号だ。僕たちの船は時速五キロ弱で、地球をぐるりと一周する陸のレーンを走り続けている。そのレーンを整備するために、偽月を爆破する予定だった水爆が使われた。船のエンジンには、他の星に移住するときに使われるはずだった小型原子炉とソーラーパネルが使われ、住居モジュールには地下シェルターの規格を流用した。三つの策のために用意したものをすべて使い、僕たちの船が動いている。

かつて、自転が止まりつつある地球で、生き残った人々は命を投げだして作業をした。蓄熱レーンを整備し、予備の原子炉、燃料ペレット、石油の備蓄を増やし、防護フィルターのために使うプラスチックを大量に生産した。保存食を大量に蓄え、過酷な環境でも栽培できる植物を品種改良した。そんな彼らの努力のおかげで、完全に自転が止まってからも（少なくとも少しの間は）人類は絶滅せずにすんだ。「レーンの殉教者」とは、そんな英雄たちのことを指していた。

「四月十七日」という標識の燃料ハブに到着したところで、カティサーク号が停止した。「小停止」と呼ばれている時間だった。

わんわんと大げさにサイレンが鳴り、減圧室で着替えをすませていた船外活動士が慌ただしく外へ出ていった。放射線で硬化した遮蔽材を取り替え、ハブから燃料ペレットを積みこみ、ウォーターウォールの水を入れ替え、ソーラーパネルの清掃をするためだ。他にも小停止中には数々の仕事がある。原子炉の点検もそうだし、シェードガーデンでの植え付けもそうだ。それらの仕事のために、僕たちの船は約百二十時間ごとに六時間停止する。航海士たちにとっては貴重な休憩時間だけれど、船外活動士や機関士にとってはもっとも忙しい時間になる。見習い機関士の僕は、ＡＭＳ——小型原子炉自律整備システム——の再起動をして、各項目にエラーがないかひとつずつ確認した。

「燃料の入れ替えをするぞ」

船外活動士からペレットを受けとったゼンガンが叫ぶように言った。「ＡＭＳのチェックが終わったらマオも加われ」

「オッケー」

圧力抑制室の水温に問題がないことを確認してから、僕もペレットの入れ替え作業に加わった。使用済みの防護ケースを受けとり、機関室の入り口まで運ぶ。カティサーク号のクルーは全部で百九十六人だったが、機関士は見習いの僕も含めて六人しかいない。僕たちが仕事をサボると船は動力を失い、次の昼がやってくるまでの半年間を、マイナス六十度の暗闇の中で過ごさなければならなくなる。

「マオ、防護ケースをリユースボックスに入れたら、そのまま船外でシェードガーデンの手伝いをしてこい」

ペレットを慎重に炉の中に入れながら、ゼンガンは僕にそう告げた。暇そうにしている他の機関士たちにも目を配り、それぞれに的確な指示を出している。どれだけ経験を積んでも、自分にあんな真似ができるとは思わない。

「オッケー」

僕は防護ケースを片付けて、接続ユニットからシェードガーデンと呼ばれる巨大なビニールハウスに向かった。輜重士《しちょうし》に加え、仕事を終えた船外活動士たちが、人工照明の手入れやヤミゴケの散布をしていた。僕はマスクを借り、人糞を混ぜこんだ土の畝を整えてから、エンドウ豆の植え付けに加わった。昼を追いかける僕たちが植え付けしたシェードガーデンは、これから半年間続く夜の世界を生きる。植えられた作物は、ちょうど半年後にこの場所にやってくるノアズアーク号のクルーによって収穫され、彼らの貴重な食糧となる。その代わりに、ノアズアーク号の輜重士たちは「冷えたプール」と呼ばれる日陰のオアシスで食用藻やブロッコリーを栽培してくれていて、それが僕たちの食糧になるわけだ。地球の反対側で同じレーンを走る二つの船は、互いに支え合ってなんとか生活することができている。

シェードガーデンでの作業が終わると、カティサーク号との接続ユニットが切断された。船内に入った僕は機関室に戻り、何か仕事が残っていないか探した。二ヶ月後には「大停止」があるので、些細《ささい》なミスも犯したくなかった。

「AMS、すべての数値に異常なし。これにて機関室の小停止作業はすべて完了」

ゼンガンが船長にそう報告した。カティサーク号の出発予定時刻まではまだ二十分あった。すべての仕事を終えて原子炉モニターの前で座りこんだ僕の目に、機関室の窓に映る真っ赤な月が見えた。あれは偽物の月だ。ある日突然やってきて、人類の迷惑も顧みずにどかっと居座り、反対側から地球を引っ張って自転を止めた張本人だった。僕は偽月に照らされた魔女の像に心の中で祈った。

「レーンの殉教者さま、もしあなたがたにこの想いが届くのであれば、ノアズアーク号に行かせてください。一度でいいのでリリザと会わせてください」

この三年の間、一度も欠かしたことのない祈りだった。

再出発したカティサーク号の小さなキャビンで、僕は日記を書いていた。

「四月十七日。前回から変わらずカティサーク号は百九十六人。男が百七人で、女が八十九人。今日は小停止だった。いつものことだけれど、ゼンガンには目と耳と脳が二十個ずつあるんじゃないかと疑ってしまう。右手でペレットを出し入れしながら、左手でAMSのデータをプリセットしている。両耳で別々の報告を聞きながら、口では別のクルーに指示を出している。ゼンガンがいなくなったカティサーク号が無事に航行できるのか、僕には自信がない」

そこまで書いて、僕は最後の文章を消した。なんだかネガティヴな気がしたからだ。「ゼンガンがいなくなったあとも、残りの五人で頑張って埋め合わせていかなければ」

今書いている僕の日記は、次に到着する燃料ハブの保存ボックスに入れられることになる。そして保存ボックスの中身は、半年後に到着したノアズアーク号のクルーが受けとる。

僕の日記はノアズアーク号で機関士見習いをしているリリザに届く。リリザと僕は同い年だ。僕たちと同い年のクルーは他にいないから、彼女は人類で唯一の同級生だった。そのことを知っていた船長の勧めで、僕たちは四年前からこうして日記交換という名の文通を続けている。船外活動士を志望していた彼女が、遺伝的に太陽風に弱いことがわかって機関士になった経緯も知っているし、彼女の父がノアズアーク号の機関士長だったことも、太陽病で去年亡くなってしまったことも知っていた。

僕の両親は二人とも船外活動士だったけれど、もう何年も前に死んでいる。「レーンの殉教者」たちが開発した高性能の防護服でも、太陽風を完全に防ぐことはできない。だから船外活動士の多くは早死にしてしまうのだ。簡単な葬式のあと、僕は両親の肉を食べた。貴重なタンパク源なので、クルーの死体はかならず食べることになっていて、血縁者が最初に口にする決まりになっている。味は覚えていない。激しく押し寄せてくる悲しみの感情が、脂やタンパク質の味を打ち消してしまった。もちろん、そういった経験もすべて、リリザには伝えてある。

日記を書き終えてから、僕はリリザの日記を読み返した。

「四月十二日。前回から変わらずノアズアーク号は百八十八人。男が八十四人で、女が百四人」

小停止明けのリリザの日記は、いつもクルー人数の報告から始まっていた。僕もその書き出しを真似るようにしている。日記は四月のものだったけれど、実際には半年前、ノアズアーク号が四月十二日のハブを通過したときに書かれたものだ。地球半周分離れた位置を走っている二つの船には、半年分の時差がある。

「今日は小停止の日でした。機関士長だった父が死んでから、いつも小停止はスリリングです。休みのはずの航海士さんたちが手伝ってくれるので、なんとか時間内に作業を終えることができています。次の大停止が怖くてならないけれど、みんなそのことはなるべく口に出さないようにしています。再出発後、甲板で新しい星座の名前を三つ覚えました。射手座のサジタリウスと山羊《やぎ》座のカプリコーン。もう一つは……忘れてしまったので、二つ覚えたことに訂正します。来年もまだ覚えていられるといいけど、すでに不安です」

リリザの日記を閉じ、ベッドに横たわってから、僕は端末を開いた。ライブラリーから本を選ぶ。天帝の娘が働き者の牛追いの男と出会い、恋をする。二人はめでたく結婚することができたが、娘はそれまで毎日していた織物をしなくなり、男は牛追いをしなくなった。すっかり怠け者になった二人に怒った天帝は、二人を天の川の両岸に引き離した。それ以来、年に一度、七月七日だけ、二人は会うことが許されている。

「牛郎織女《ぎゅうろうしょくじょ》」という題名の、リリザが好きだと言っていた童話だ。

僕はこの話に出てくる織姫と彦星が羨ましかった。彼らは結婚することができたし、その後も一年に一度、会うことができたのだ。

僕はリリザと会ったことがない。そればかりか、今後も会うことはないだろう。彼女は常に地球の反対側にいる。僕の船が前に進むと、ちょうど同じ距離だけ彼女の船も前に進む。僕たちは半年分離れた距離で、永遠に追いつくことがない鬼ごっこを続けている。僕たち二人を隔てているのは星の川みたいな美しい障害ではない。カティサーク号の前には九十度を超える灼熱の大地と放射線に満ちた世界が広がり、後ろにはマイナス六十度を下回る酷寒の凍土と暗闇に包まれた世界が広がっているのだ。


翌日、「次の小停止は俺抜きで作業してもらう」とゼンガンが言った。新しいリーダーは副機関士長のカナセで、見習いだった僕が正式に機関士へと昇格する、とのことだった。

「隣で作業を見ているが、基本的には口出ししない。五人だけで頑張ってくれ。俺は四月二十七日の小停止が終わってからすぐ極夜の旅に出る。みんなとはそこでお別れだ。大丈夫、カナセは前回の大停止を経験しているし、何も心配することはない」

「私には無理ですよ」とカナセが言った。目にはうっすらと涙が浮かんでいた。

「心配いらないさ。お前とは四十年以上一緒に仕事をしてきた。だからよくわかるんだ。大丈夫、カティサーク号は止まらない。お前の実力を信頼しているよ」

僕は、カナセの涙が仕事に対する不安からくるものではないことをよく知っていた。単に機関士の仕事をするだけなら、ゼンガンがいなくてもどうにかなるだろう。カナセが泣いたのは別の理由だ。ゼンガンは頼れる機関士長というだけでなく、心の支えでもあった。僕たちの親であり教師であり、友人でもあった。僕だって、泣きそうになるのを必死に堪《こら》えていたからよくわかる。カナセは原子炉が心配で泣いているのではなく、ゼンガンがいなくなることに泣いているのだ。

今年は四十二年に一度の大停止の年だった。大停止では、船を動かしている二基の原子炉のうち、一基を新品と入れ替えるという大仕事をしなければならなかった。五日に一度ある、燃料を入れ替えるだけの小停止とは違い、小さなミスも許されない作業だった。新しい原子炉がうまく作動しなければ船はレーンを動けず、過酷な環境に晒されることになってしまう。

ノアズアーク号の機関士長——リリザの父——が亡くなったのは去年のことだ。そのせいで、ノアズアーク号は困ったことになった。機関士が三人に減った上、前回の大停止を経験している機関士がいなくなってしまったのだ。このままでは停止時間内に安全に入れ替え作業ができないかもしれない。完璧に計画され、計算された船の航海には、一秒の遅れも許されない。専用回線でその事実を話し合った二つの船の船長は、緊急事態のマニュアルに則《のっと》って、カティサーク号のゼンガンをノアズアーク号に送りだすことに決めた。ゼンガンはハブに用意された緊急用のMRVに乗ってレーンを逆走し、六日間も極夜の世界を旅してノアズアーク号に向かう。ノアズアーク号の大停止を指揮したあと、今度は向こうの船の機関士長として働く。つまり、ゼンガンとは永遠にお別れすることになるのだ。

「私に務まりますか?」とカナセが聞いた。

「ああ、大丈夫だ」とゼンガンが答えた。「それに、残りの四人がお前を支えてくれるさ」


予告通り、次の小停止でゼンガンは指示を出さなかった。カナセがゼンガンの真似をしようとしてクルーを捌《さば》ききれずに慌ててしまうことはあったけれど、なんとか時間内にすべての作業を終えることができた。僕たちはカナセの指示がなくても、自分が何をするべきかよくわかっていた。不思議なことに、自分の仕事を終えるとゼンガンの指示が耳に届く気がした。「冷却水の入れ替え作業が遅れてるぞ」とか「速度計算機の初期化が終わってないぞ」とか、そういったものだ。僕はその声に従って、遅れている作業を手伝ったり、想定外の問題に困っているクルーを手助けしたりした。

仕事を終えた僕たちに向かって、ゼンガンは「完璧だ」と手を叩いた。「俺がいなくても問題ない。まあ、そういう風にお前たちを鍛えてきたからな」

船が再出発してから、いつものように魔女の像に向かって祈っていた僕に、珍しくゼンガンが話しかけてきた。

「なあマオ、前から思ってたんだが、仕事を終えたあと、いつも神妙な顔で魔女の像を見つめて何を考えているんだ?」

「昔、あの像に『レーンの殉教者』たちの想いが詰まってるって話、してくれたよね？」

「そうだったか？」とゼンガンがとぼけた。

「うん。だから、彼らに祈ってるんだ」

「何を祈ってるんだ？」

「それは秘密」と僕は答えた。

「俺にはわかるぞ、マオ」

ゼンガンが笑いながら僕の肩を叩いた。

「どうしてわかるの？」

「俺もお前くらいの歳のころ、いつも同じことを祈っていたからな。リリザに会いたいんだろう？」

「ゼンガンも文通していたの？」

「いや、俺はひと月に一度、通話していたんだ。昔は船間通信がかなり自由に使えたからな」

「で、祈りは届いた？」

「届いたとも言えるし、届いてないとも言えるな。俺はこうしてノアズアーク号に行くことになったけど、相手の女の子は二十年以上も前に太陽病で死んでしまっているからね。願いが届くのが遅すぎたってわけさ」

その晩も、僕は休まず日記を書いた。初めてリーダーを務めたカナセが戸惑っていたことや、いつもサボっていたクルーが真剣に働いていたことを面白おかしく表現した。

「四月二十二日。カティサーク号は一人増えて百九十七人。めでたいことに、今朝男の子が無事誕生した。これで男が百八人で、女が八十九人。今日は小停止だった。前から決まっていた通り、ゼンガンは一切口出しをせず、近くでクルーを眺めているだけだった。新機関士長のカナセが必死に指示らしきものを出そうとするのを見て、僕はずっと笑いそうだった。いつも一人で黙々と作業をしていたカナセが、ゼンガンの真似をしようとしているのがよくわかったから。サボり魔のコーベンはいつもゼンガンに尻を叩かれるまで突っ立っているだけなのに、今日は自分から率先して仕事を探していて、それも面白かった」

少し迷ったけれど、祈りの話やゼンガンとの会話のことは書かなかった。照れくさかったからだ。

日記を閉じたあと、僕はキャビンを出て甲板に向かった。小停止明けの甲板はいつも閑散としている。機関士や船外活動士は疲れて寝ている人がほとんどだったし、航海士は仕事中だからだ。昼を追いかけ続けるカティサーク号は、小停止中を除いて船首側の四分の一が昼の世界にあって、船尾側の四分の三が夜の世界にある。船首にはソーラーパネルが敷き詰めてあり、その下では船尾から送られた氷を太陽熱で溶かしている。船首で溶けた氷は、除染されて飲料水や生活用水として使われてから下水を通り、濾過《ろか》されて船を包むウォーターウォールになる。

ウォーターウォールの水は原子炉を経て船尾に貯められ、夜の世界で凍ってから船首に戻される。

夜を追いかけ続けるノアズアーク号では、船の仕組みが概《おおむ》ね逆になっているらしい。船首が夜の世界にあって、船尾が昼の世界にある。基本的に同じシステムを使っているが、その逆転が細かな部分で差になっているという。昼を追いかける僕たちにとって太陽は希望の象徴で、光に照らされたレーンは未来を意味するものだ。だからこそ僕たちは「レーンの殉教者」を信仰している。だが、夜を追いかけるノアズアーク号にとっては月や偽月こそが希望の象徴であり、レーンは過去を表すものだ。彼らは太陽を忌むべきものだと考えていて、レーンよりも燃料の方が重要なものだと考えている。そんなことを知ったのも、リリザと日記を交換してきたからだった。

僕はウォーターウォール越しに広がった、遮るもののない星空を眺めた。ノアズアーク号の人々は、夜空の星々に祈るという。それらの光のどこかから救世主がやってきて、地球の自転を元に戻してくれることを願うらしい。僕は星々を見ても、単なる点の集合だとしか思えない。だからこそ、天の川に隔てられた織姫と彦星に「羨ましい」以上の感想を持てない。

僕たちは時速五キロで前に進み続けているけれど、光はその何億倍もの速度で進んでいるという。そんな速さでも、星々の光が地球に届くまでには何百年とか何千年とかの時間がかかるという話を聞いたことがある。

夜空を眺めたときに僕が感じるのはそんなことだ。何百年、何千年という時間だ。

僕たちは公転に合わせ、昼と夜の境目を一定の速度で移動し続けている。そんな僕たちにとって、時間と距離は同じ意味を持っているのだ。日付や時間は、レーンにおける船の位置と完全に一致している。たとえば次に到着する四月二十七日の燃料ハブは、四月二十七日という位置であり、日付でもあるのだ。そうやって、自転が止まってから、僕たちは二千回以上ずっと、一年の同じ日に同じハブを使い続けてきた。僕たちの航海は、二千年以上前にすべて計算され、計画されたものだった。僕たちにできるのは、その計算と計画に黙って従うことだけだ。自転が止まる前の世界で「レーンの殉教者」たちが大量に貯めこんだペレットや保存食を少しずつ取りだし、一切無駄にしないように気をつけて使いながら、決められた速度でぐるぐると同じ場所を回っている。そして四十二年に一度、あらかじめ決められた手順で小型原子炉を新品と取り替える。原子炉ハブにはまだ新品の原子炉が五十八基残っていて、カティサーク号とノアズアーク号はそれぞれ二十九基ずつ使うことができる。

僕たちは、自分たちの手で新しい原子炉や新しい燃料ペレットを作ることはできない。部品を作る技術も材料もないし、そんな余裕もない。ハブに残されたすべての原子炉とペレットを使いきれば、それですべて終了なのだ。僕たちは同じレーンを周回しながら、ゆっくりと死につつあった。それも計画のうちだ。僕たちは千年あまり先に、船を動かすことができなくなる。食糧も燃料も尽き、明けることのない夜の世界で凍え死ぬ。あるいは、暮れることのない日差しの中で焼け死ぬ。もちろん僕は、そのときにはもう生きていないけれど。

かつて、カティサーク号には「学者」という役割が置かれていたという。彼らは、はるか先に予告された絶滅という未来に争《あらが》うため、新しい策を考えることを仕事にしていた。何百年もの間、何百人、何千人が策を考え続け、「無理だ」という結論に至った。それ以来、カティサーク号から学者はいなくなった。船に搭載する価値がないと判断されたのだ。

リリザによれば、ノアズアーク号には今でも船に一人だけ、「学者」がいるという。貴重なエネルギーを使って、どこかにいるはずの宇宙人に向けてSOSのサインを出し続けているらしい。リリザは「クルーのほとんどが学者のことをバカにしている」と書いていた。「でも、私は一人くらい、そういう人がいてもいいと思う。だって、そうじゃなきゃ夢も見られないから」

僕は大きくあくびをしてから甲板を後にした。結局のところ、僕たちは先人たちの計画に正確に従って、「今」を必死に生きるしかないのだ。未来のことは未来になってから考えればいい。いつもそんなことを考えて、答えもなく、ぐるぐると同じところを回り続ける思考にピリオドを打つのだった。

船長から突然呼びだしをくらったのは翌日のことだった。僕のキャビンにやってきたゼンガンは、いつになく真剣な顔で「船長室に行くぞ」と言った。

「僕が？」

「そうだ。船長にお前を連れてこいと言われたんだ」

居住区画の階段を上がりながら、「どうして？」と僕は聞き返した。

船長室に入るのは三度目だった。一度目と二度目は、父さんと母さんがそれぞれ死ぬことが決まったときだ。太陽病で働けなくなった彼らが安楽死することになったと、船長から直接伝えられた。

僕にはもう肉親はいない。だからこそ、僕は船長に呼ばれたことの意味がわからずにいた。もしかしたら、と僕は考えた。先日のメディカルチェックで、僕の体に異常が見つかったのかもしれない。僕の安楽死が決まったと、船長から直接伝えられるのではないか。

「船長から直接聞け」とゼンガンは答えた。

「僕、死ぬの？」

そう聞くと、ようやくゼンガンが笑顔を見せた。「そんなわけあるか」

船長室と言っても、特別な造りになっているわけではない。僕たちの船に贅沢の余地はないからだ。通常の大きさのキャビンから接続した小さな執務室があるだけで、船長は部屋の両脇から吊るされたハンモックに腰掛け、端末に何かを打ちこんでいた。

「よく来たね」

短く切り揃えられた真っ白な髪が、室内灯に反射してオレンジ色に輝いていた。船長はこの船で一番の長生きだった。前回の大停止を経験しているだけでなく、前々回の大停止のときにもすでに生まれていたらしい。機関士出身で、ゼンガンも昔は船長の部下だったという。

「マオくんにクイズを出そう」

端末の操作を終え、こちらを見た船長がそう言った。

「今、カティサーク号には何人のクルーがいるか知っているか？」

僕は即座に「百九十七人です」と答えた。クルーなら誰でも知っている事実だった。

「その通り」と船長がうなずいた。「そのうち、男が何人で女が何人かな？」

「男が百八人で、女が八十九人です。また、子どもと妊婦を除いた生産人口は七十九人と六十一人です」

「よく勉強しているね、素晴らしい」と船長が満足そうな表情を見せた。

「ご希望であれば、各職種別の人数まで言えます。何を措いてもまず、クルー人口の厳格かつ正確な管理が、カティサーク号の恒久的な航海のために必要不可欠だからです」

それを聞いた船長が笑った。「君は将来、優秀な船長になるだろうね」

「ありがとうございます」

「じゃあ、もう少し難しいクイズを出そう。ノアズアーク号のクルーの人数はわかるかな？」

「百八十八人です。そのうち男が八十四人、女が百四人です」

「素晴らしい」と船長が深くうなずいた。「でもそれは、少し前のデータだね」

もちろんそうだろう、と思った。僕がその数字を知っているのは、リリザの日記に書いてあったからだ。彼女の日記は半年前に書かれたものだから、当然現在の数字とは異なるだろう。

「今は百八十七人だ。男が八十四人、女が百三人。ちなみに、船の理想クルー人数は知っているかな?」

「男九十四人、女九十八人の計百九十二人です」

「その通り。実によく勉強している」

「『すべてのクルーは船のため、そして計画のため、常に最善の行動を取らなければならない』という教えを守ったまでです」

「その通り」

「さて、これらのデータを総合すると何が言えるかな?」

「カティサーク号は男の人数が余り気味で、ノアズアーク号は男の人数が不足しています」

「僕には程度がわかりませんが、比率の面から言えば問題があるかもしれません」

「そうだ。わずかな誤差が、完璧に計画された航海に歪《ゆが》みを生むんだ」

「しかしながら、次の小停止後にゼンガン機関士長がノアズアーク号に移籍します。それによって、人数差は多少是正されるはずです」

船長は何度目かの「素晴らしい」をつぶやいてから続けた。「でも、ゼンガンはすでに生殖適性年齢を過ぎているから、男女比の是正にはならないね」

「はい」と僕は返事をした。我ながら間抜けな返事だと思ったけれど、それ以外に何も思いつかなかった。

「君も知っている通り、次のハブに置いてあるMRVを使って、ゼンガンはノアズアーク号に向けて旅立つ。向こうの機関士が足りていないからだ。加えて言うと、MRVは二人乗りだ。もともとは船外活動中に遭難した人を救助するためのものだからね。さて、この条件下で、カティサーク号の船長である私が下すべき、最善の決断とはどのようなものだろうか？」

僕は少し考えてから、答えを思いついた。

口にしようとした瞬間だった。それまでずっと黙って話を聞いていたゼンガンが、「あまりにも卑怯です、船長」と言った。

「卑怯とはどういうことだ？」

「船長は、船の決定をマオ自身の口から言わせようと誘導しています。マオは非常に優秀なクルーですから、自分が置かれた状況について理解しているでしょう。それを利用して、自分の責任を軽減しようと画策するのは卑怯だと思います」

「それもそうだね」と船長が言った。「そういうつもりではなかったが、たしかに君の言う通りだよ、ゼンガン」

船長はハンモックから立ち上がり、僕の目を見据えた。前に船長室に来たときは僕より背が高かったけれど、今では僕の方が高く、船長はこちらを見上げていた。それでも、船長としての威厳は健在だった。誰よりも長い時間、船とともに走り続けてきた人間の眼差しのようなものを感じた。

「マオくん、ゼンガンと一緒にノアズアーク号へ向かってくれないか？　これは、二つの船を管理する上で必要かつ重要な措置なんだ。君とゼンガンは二人でＭＲＶに乗り、極夜の旅をする。もちろん簡単な話ではない。君は残りの人生のすべてを向こうの船で過ごすことになる。カティサーク号に戻ってくることは二度とないだろう。すでにノアズアーク号の船長とは話がついている。君もよく知っているだろうが、我々二つの船のクルーは、お互いが支え合わなければ生きていくことができないんだ。もちろん、決めるのは君だ。どうしても嫌だと言うのなら、他の適任者を探す」

　僕が返事をするより早く、ゼンガンが口を挟んだ。

「俺の個人的な考えを言っておくぞ、マオ。お前が俺についてくる必要はない。お前は優秀な機関士だ。俺だけでなく、お前までいなくなればさすがのカナセも困るだろう。いや、お前だけでなく、この船の誰もがついてくる必要などないんだ。極夜の旅には危険も伴う。それに何より、ＭＲＶに乗れば、お前は生まれてからずっと、十四年過ごしてきた船を永遠に離れることになる。この船にはお前の仲間がいるし、苦楽をともにした同僚もいる。誰か一人に会いたいからと言って、すべてにさよならする必要なんてないんだ。一生後悔することになるかもしれない」

僕は「いや、一人じゃないよ」とゼンガンに向かって言った。「ノアズアーク号にはゼンガンもいる」

「俺なんて、どのみちもうすぐ死ぬだけの老いぼれだ」

「いいんだ。僕は優秀なクルーなんでしょ？　だったら『船のため』に行動しないと」

僕は船長に向かって「行きます」と答えた。「『すべてのクルーは船のため、そして計画のため、常に最善の行動を取らなければならない』」


船長室を出てからも、ゼンガンは不機嫌そうだった。僕のキャビンの前で「もう一回ゆっくり考え直せ」と言ってきた。「これからずっと、知らない船で生活することになるんだ」

「わかってるよ」

「そんな重要なことを、ちょっと話を聞いたくらいで決めていいのか？」

「僕はもう子どもじゃないよ。自分がどういう決断をしたのかよくわかってる。それに、今回の決定は、船長からのプレゼントかもしれないと思ってるんだ」

「どういうことだ？」

「そもそもリリザと日記交換するように勧めてきたのが船長だったからだよ。船長は僕たちが今でも日記交換を続けていると知っているはずだ」

「あの男がそんなことをするとは到底思えないね」とゼンガンが言った。「あの男が考えているのは、船を安全に、そして計画通りに進めることだけだ」

「知ったようなロをきかないでよ」

ゼンガンはまだ何か言いたそうだったけれど、僕は何も言わずに強引にキャビンのドアを閉めた。そこで会話が断ち切られた。しばらく立ちつくしてからベッドに腰掛け、端末に保存していたリリザの日記を開いた。四年前、初めて受けとった彼女の日記には日付もクルー人数も書いていてなかった。

「こんにちは。私はリリザ、十歳です。船長に言われて、はじめて文章を書いています。今日はお父さんの誕生日だったので、お姉ちゃんと一緒にレーションのクッキーを食べることができました。とてもおいしかったです」

そこから順に日記を読み進めていく。一年後に、はじめて僕の名前が出てくる。

「ハブでマオくんの日記を受けとると、いつも不思議な気持ちになります。半年前にこの場所をカティサーク号が通ったんだ、ということが実感できるのです。私は常に、マオくんから半年遅れて生きているようです。あ、でも、私が知ってるマオくんは、いつも私より半年若いわけで……。どういうことなんだろう。とにかく同い年だというのに、そういう感じが全然しません」

一年前の日記にはこんなことが書いてあった。

「ときどき世界が真っ暗になって、自分たちが生きる意味なんてあるのだろうか、そういう気持ちになります。燃料ペレットもレーションも、周回するごとに数が減っていくだけです。私たちは車輪をすり減らしながら、逃れられない運命に向かって同じ場所をぐるぐると回っているだけなのではないか。そんなとき、私はカティサーク号やマオくんのことを考えます。地球の反対側には、運命をともにしたクルーがいるのだと思うと、なんとなく暗い気持ちが晴れるような気がするのです。もしかしたら、先人たちが船を二つ作ったのは、そういう理由なのかもしれません」

最新の日記には、珍しく「五十億年と千二百年」というタイトルがつけられていた。

「今日は甲板で太陽を見ました。久しぶりに話をした学者のランドルフは、太陽を指差しながら『どのみち五十億年後、地球は膨張した太陽に飲みこまれる運命にあったんだ』と言いました。『なんとか地球から脱出できたとしても、千億年後には宇宙の寿命がやってくる。そうなればどこにも逃げ場はない。五十億年が千二百年になっただけの話で、俺たちはその運命を受け入れなきゃいけないのかもな』と。たしかに、五十億年も千二百年も、私にとっては気が遠くなるほど長い時間であることに違いはなく、ランドルフの言っていることもわかるような気がします。マオくんはどう思いますか？」

僕はリリザの日記を読み終えて、小さな机の上に自分の日記帳を開いた。

「四月二十三日」

僕はいつものようにそう書きだした。書いてから、この日記を誰のために書いているのだろう、と考えた。まだ気分は落ち着いていなかった。興奮もあったし、僕の旅に反対するゼンガンへの怒りもあった。

でも、間違いなく言えるのは、僕が「決定した」ということだ。ゼンガンが何を言おうと、僕は次の小停止で極夜の旅に出て、ノアズアーク号に向かう。僕は生まれてはじめて半年間の時差を超え、日記が届くより先にリリザのところへ到着するのだ。

「珍しく船長から呼びだしがあった」

それでも僕は続きを書いた。ここで日記を書くのをやめれば、ノアズアーク号に向かう僕の気持ちが、何か不純なものになってしまう気がしたからだった。僕はリリザに会いにいくために旅立つわけではないし、ゼンガンについていくために旅立つのでもない。僕はこの船のクルーで、絶望の淵に立たされた人類のわずかな生き残りの一人だった。僕はあくまでも、二つの船のため、人類のために旅立つのだ。

「船長はノアズアーク号の男が少ないことと、カティサーク号の男が余剰ぎみであることを理由に、ゼンガンとともに極夜の旅に出る人間を探していた。それで、まだ若くて両親も兄弟もいない僕が選ばれたのだと思う。旅に出れば、僕は二度とカティサーク号に戻れないだろう。酷寒の暗闇を六日間も走らなければならず、安全に到着できる保証もない。もちろん迷いがなかったわけではないけれど、僕は父さんと母さんのことを思い出して、『行きます』と返事をした。太陽病の痛みのあまり立てなくなった父さんは、自分から安楽死を申し出た。働けなくなった者を船に乗せる余裕がないことをよく知っていたからだ。二年後に同じ病気を発症した母さんも、やっぱり自分から安楽死を申し出た。葬式のとき、船長は父さんと母さんを『とびきり優秀なクルーだった』と言った。『すべてのクルーは船のため、そして計画のため、常に最善の行動を取らなければならない、ということを誰よりもよく知っていた』と。そのとき、僕は二人のような人間になろうと決めた」

本当のことを書いていない、という感覚はいつもより強かった。明らかに、僕は見栄を張っていた。でもその見栄は、いったい誰に対して張っているものなのだろうか。僕は半年後、自分の手でこの日記を拾うに違いない。それなら、僕は未来の自分に向かって見栄を張っているとでもいうのだろうか。僕はそれでも続きを書いた。

「たしかに、僕たちは千二百年後に滅びる運命にあるのかもしれない。でも、すべてのクルーがベストを尽くせば、千二百年は生きることができるんだ。五十億年と千二百年は同じかもしれないけれど、千二百年と千百年は違う。僕たちは最大限の努力をして、許された時間を目一杯生き続けないといけない。だから僕は旅に出る」

すべてのクルーは船のため、そして計画のため、常に最善の行動を取らなければならない——魔女の像に記されているその言葉を、呪文のように頭の中で何度も反芻《はんすう》した。

次の日から、ゼンガンと僕は機関士としての通常の任務から解放されて、六日間にわたる極夜の旅に向けた訓練を始めた。運転を担当するゼンガンはＭＲＶの仕様書を広げながら、それぞれのボタンやレバー、パラメーターの意味を覚え、船外活動士から様々な注意点を学んだ。整備士の役割を与えられた僕は、ＭＲＶの構造を覚え、部品の名前と取り替え方を学んだ。いざというときには僕が運転することもあるということで、最低限の運転知識も勉強した。

今ではＭＲＶを使うのはレーンから離れた場所にある石油の備蓄基地へ行くときだけだったし、そもそも救助用に作られていたＭＲＶには、三日間以上の長距離運転が想定されていなかった。僕たちは道中の燃料ハブで給油や整備点検をする必要があり、そういったときはどうしても車外で作業をしなければならなかった。僕とゼンガンは船外活動士たちがいつも着ている防護ユニットの着脱を練習し、実際に甲板の外にも出た。こうやって酷寒の外の世界に晒されるのは生まれて初めての経験だったけれど、感動などは特になかった。全身を断熱性の防護服が包んでいたので、凍えるような寒さを感じることもなかったし、周囲はすべてを黒く塗りつぶしたように暗いだけで、そこが本当に地球の上なのかもわからなかった。

僕とゼンガンは訓練の間、必要とあれば普通に会話をしていたけれど、どことなく重苦しい空気が残ったままだった。

訓練の最終日、いよいよ明日出発するという段になって、ゼンガンは僕に「すまなかった」と謝った。「お前のことをどこか子ども扱いしてたんだろうな。お前はもう立派な機関士だ。

「俺がお前の決定に対してとやかく言う権利はない」

「別に怒ってないよ、ゼンガン」と僕は言った。「むしろ、謝るべきは僕の方だ。たしかに僕は、ノアズアーク号に行けると知って浮かれていたと思う。でも、僕が極夜の旅に出るのは、二つの船の役に立ちたいからなんだ」

「お前は本当に優秀なクルーだ」と、ゼンガンが僕の肩を叩いた。


仲直りしたはずのゼンガンがものすごい形相で僕のキャビンにやってきたのは、四月二十七日の小停止の日、つまり僕たちが出発する日の朝だった。

ゼンガンは「船長室に行くぞ」と言った。

「何かあったの?」

ゼンガンは「船長の前で説明する」としか答えなかった。

僕の手を引きながら大股で階段を上がり、ゼンガンは船長室のドアを乱暴にノックした。部屋の中から船長が「入っていいぞ」と返事をした。

「あんた、マオに言うことがあるんじゃないのか?」

部屋に入るや否や、ゼンガンが喧嘩腰でそう言った。船長はハンモックに腰掛けて、端末で仕事をしながら「旅路に気をつけて」と答えた。

「そうじゃないだろう」

船長は「申し訳ない」とこちらを見た。「君が私に何を言わせようとしているのか、本当にわからないんだ」

「まだとぼけるつもりか？　俺は知ってるぞ。今朝船外活動士に聞いたんだ。彼らは小停止中に備蓄基地へ向かうという」

「ああ、そうだよ」

「今さらどうして備蓄基地に行く必要がある？　俺たちのＭＲＶには満タンの液体燃料が入っている」

「ハブの燃料タンクを満たすためだ」

「それだ」とゼンガンが言った。「それがおかしいと思ったんだ。俺たちが四月二十七日のハブで給油をすることはない。それなのになぜ、ハブに液体燃料を用意するのか」

「もちろんＭＲＶの給油のためだ」と船長は答えた。

僕には意味がわからなかった。僕たちは使わないというのに、そのハブに給油用の液体燃料を残しておく意味などあるのだろうか。

「その通りだ。それがどれだけ残酷なことを意味するか、あんたはわかっているのか？」

「何が残酷なのかわからない」

「マオ、よく聞け。お前はＭＲＶに乗ってノアズアーク号に行く。それは、こっちの船の男が余っていて、向こうの船の男が足りないからだ。それと同時に、ノアズアーク号からもＭＲＶ

が出発するんだ。人口比と労働人口の計算をすればすぐにわかる。ノアズアーク号には女が余っていて、カティサーク号には女が足りない。四月二十七日のハブで給油するのは、ノアズアーク号を出発したMRVだ。MRVにはおそらく、女が二人乗っているだろう。『レーンの殉教者』が定めた理想的なクルーの人口構成からすれば、十五歳前後と二十歳前後の女だ。いいか、お前と入れ違いで、リリザがカティサーク号にやってくるんだ」

誰かに頭を殴られたような衝撃が走った。僕は極夜の旅を終えてもリリザに会うことができない。僕たちはすれ違い、再び地球の反対側を走ることになる。

「俺が一番許せないのは」とゼンガンが続けた。「あんたがマオの気持ちを利用したことだ。そして、ノアズアーク号の船長はリリザの気持ちを利用したんだ。まだ若い二人に旅立ちを了承させるため、人員入れ替えの事実を伏せていたんだ」

「君は大きな勘違いをしている」と船長が言った。「たしかにクルーの入れ替えは事実だが、マオくんは誰かに会いにいくために旅立つわけではないはずだ。船の未来のため、そして『レーンの殉教者』の計画のために旅に出る、そうだろう?」

船長がこちらを見た。僕は頭が真っ白になっていて、何も答えられなかった。もしかして、船長が僕とリリザに日記交換をさせたのは、はじめから入れ替えのためだったのだろうか。僕たちの想いもすべて、「計画」の一部だったのだろうか。

「マオ、お前には旅立ちを拒否する権利があるはずだ。今からでも遅くはない。ここに残って、リリザが来るのを待っていていい。大丈夫だ。ＭＲＶくらい、俺一人でも運転できる」

僕の中で、様々な感情が混ざりあっていた。自分でも何を口にするべきか、そして何を口にしたいのか、まったくわからずにいた。ゼンガンが、そして船長がこちらをじっと見つめていた。すでに死んでいた父さんと母さんの視線も感じた。僕たちの船の未来を、五十億年と千二百年の話を思い出した。

僕は「いや、行くよ」と答えた。「クルーの誰かがわがままを言えば、簡単に船は止まってしまうんだ」


あまり時間に余裕がなかったせいで、僕たちの送別会はささやかなものだった。機関士の仲間たちに別れの挨拶をして、お世話になったクルーたちとも最後の握手を交わした。あっという間に小停止の時間になり、慌ただしく作業をする船外活動士の横で、僕とゼンガンは極夜の旅の最後の確認をした。

備蓄基地からＭＲＶが戻ってくると、僕たちは入れ替わるように車に乗りこみ、操作系統の確認と点検を行った。これから六日間は車内灯とヘッドライト以外、一切の光のない旅路になる。車のどの位置に何があるのか、体で覚えこまなければならなかった。

小停止が終わるサイレンが鳴り、接続ユニットが船の中に回収されていくのを船外から眺めた。もちろん生まれて初めての体験だった。カティサーク号がゆっくりと発進する。甲板でカナセが涙を流しながらこちらに手を振っていた。僕たちも手を振り返した。時速五キロの船は、なかなか僕たちのもとから離れてくれなかった。いつまでも手を振ってくれていたカナセに心の中で「さよなら」と告げてから、僕たちはレーンに出た。ゼンガンがアクセルを踏みこむと、MRVは船の何倍もの速さで夜の中を進みだした。僕は船尾の魔女の像に、最後のお祈りをした。「君はずいぶん意地の悪い神様だね」

「俺は納得したわけじゃないからな」

しばらく極夜のレーンを進んでからゼンガンがそう言った。夜のレーンは本当に真っ暗だった。ヘッドライトの先、はるか遠くにうっすらと山の影が見えるだけで、それ以外は宇宙のような暗闇に包まれていた。雲が出ているのか、星空も月も見当たらない。

「僕だって、完全に納得したわけじゃないよ」

「俺はそもそも、船の計画がクルー個人の人生に優先するという考え方が気に入らないんだ。船の計画のためにクルーが生きているなら、俺たちは何のために存在している？　自らの幸せも摑みとることなく、ただ延命のためにすべてを捧げることに、何の意味がある？」

「難しすぎてわからないよ」と僕は答えた。二人が黙り、MRVのエンジンの音だけが響いていた。

「若いころ、俺もノアズアーク号に行きたいと思ってたって話はしたよな？」

ゼンガンがそう切りだした。僕は遠くの山の影を見ながら「うん」とうなずいた。

「二つの理由があったんだ。一つは通信していた女の子に会うため。彼女は俺の三つ年上で、とても物知りだった。まだ自転が止まる前の地球がどんな場所だったか。海の青さや、空の青さ、山の緑や川の輝きのこと。そして、人々はどのように生活して、何を楽しみに生きていたか。そういうことを何でも知っていた」

「うん」

「そういう話を聞いて、毎晩妄想したものだ。知らない場所に旅に出て、会ったことのない人と話をする。大昔の人が作った建物に入り、大昔の人が描いた絵を見る。そんなことを妄想した」

「うん」

「それで俺は、そんな地球を取り戻したいと思った。だから、俺はノアズアーク号で学者になりたかったんだ。それが二つ目の理由だ。俺はとにかく、座して死を待つだけの日々に嫌気がさしていた。学者になって、地球を元に戻すための方法を考えたかった。もう、ずいぶん昔の話だけどな」

「どうして諦めたの?」

ゼンガンは「難しい質問だ」と答えた。しばらく何かを考えてから「大人になったからだろうな」と言った。「昔、何万人もの学者たちが束になって考えて出なかった答えに、俺一人で到達できるはずがないって思ったんだ。それに、船には何かを実験したり、何かを製作したりする余裕もないし」

「それもそうだね」

それきり、僕たちは黙りこんだ。

僕はじっと外の景色を眺めていた。MRVは前に進んでいたけれど、どれだけ経っても景色にほとんど変わりはなかった。レーンはどこまでもまっすぐ伸びていて、その奥で真っ黒な山の影の輪郭がゆっくりと変化し、次の山へと移っていった。船の外にも世界が広がっているのだ、というありきたりな感慨の他には、何も感じることができなかった。

僕は暇を持て余し、日記帳を取りだして膝の上に置いた。

「四月二十七日」と僕は書いた。「カティサーク号は二人減って百九十五人。これで男が百六人で、女が八十九人。今日は小停止だった。ゼンガンと僕は作業に加わらず、ノアズアーク号に向けて出発する準備をしていた。今朝ゼンガンから、リリザが入れ違いでカティサーク号にやってくるという話を聞いた。僕はリリザに会えるものだと思っていたから、ひどく動揺した。ゼンガンは『船に残れ』と言ってくれたけれど、僕は結局旅に出ることにした。もし僕が旅立ちを断ってカティサーク号に残ったとして、そしてそこにリリザがやってきたとして、僕はどんな顔で君を迎えればいいのだろう。そのときの僕は船の計画を無視して、自分のわがままを通した男だ。とてもじゃないが、君に合わせる顔がない。そんなことを考えて、僕はカティサーク号を発《た》った。正直に言って、君のことが他人だとは思えないし、君に会えることをとても楽しみにしていた。でもそれと同時に、僕は立派なクルーとして君に会いたかったんだ」

給油のためにハブに立ち寄るときを除いて、僕たちは同じ景色の中を一定の速度で走り続けた。ゼンガンは一応ハンドルを握っていたけれど、運転は基本的にオートパイロットだったし、そもそも直進するだけの道でハンドルを切る必要もなかった。交代で睡眠を取り、決められた時間にレーションを食べた。

そうして四日が経った。トラブルがなければ、あと二日でノアズアーク号と出会うはずだった。ハブで彼らと合流し、僕たちは新たな船のクルーとして生きる。

夜の世界はただただ退屈なだけだった。ときおりMRVのタイヤが地面の凍った部分に滑りそうになるだけで、危険な太陽風も、塩素を含んだ豪雨もなかった。

ゼンガンが仮眠する時間になった。僕はその事実を伝えたけれど、ゼンガンは眠りにつく気がないようだった。そればかりか、オートパイロットを切って、自分でアクセルを踏みはじめた。

「何か問題でもあった?」

心配になってゼンガンにそう聞いた。

「いや、そういうわけじゃない」

「じゃあ、なんでオートパイロットを切ったの？」

「必要なときに、速度を落とすためだ」

「必要なとき？」

「そうだ」

ゼンガンはそれ以上答えようとせず、そのまま自分の手で運転を続けた。一時間経っても、ゼンガンは寝ようとしなかったばかりか、オートパイロットを入れようともしなかった。

その瞬間は不意に訪れた。

それまでレーンを照らしていたヘッドライトが、はるか前方に「何か」を捉えた。その「何か」はじりじりとこちらに近づいてきた。「何か」は僕たちのMRVと同じように、前方を光で照らしていた。二つの光が近づき、正面が光で満ちた瞬間、ゼンガンは車を停止した。

僕たちの正面に、別のMRVが停車していた。フロントガラスの奥には防護服を着こんだ二人の女性がいた。運転席に座った女性は僕より少し年上のお姉さんで、助手席の女性は同い年くらいの女の子だった。

僕たちはノアズアーク号を出発して、カティサーク号を追いかけて夜の世界を走っていたMRVと出会ったのだ。

僕は助手席に座ったリリザを見つめた。顔を見たのは初めてだったけれど、すぐにわかった。リリザも僕を見つめていた。僕が手を振ると、リリザも手を振り返した。

「悪いが、車外には出られない」

ゼンガンが言った。僕は「うん」とうなずいた。「わかってる」

リリザは日記帳を手に、僕に向かって何かを語りかけていた。もちろん声は聞こえなかったけれど、彼女が何を伝えようとしているのか、僕にはよくわかった。「この場所で伝えたかったことを日記に書く」と言っているのだ。僕も日記帳を取りだして、リリザに向かってうなずき返した。

「そろそろ時間だ」

ゼンガンはハンドルを切って、アクセルを踏みこんだ。僕たちのＭＲＶがリリザのＭＲＶの脇を通りすぎると、あたりは再び暗闇に包まれた。

僕は日記帳を開いて、「五月一日」と書いた。「ＭＲＶは二人。男が二人で、女がゼロ人。今日はちょっとした奇跡が起こった。僕は一生、この日を忘れないと思う」

初出一覧

「七十人の翻訳者たち」……『NOVA』二〇一九年春号
「密林の殯」……「文藝」二〇一九年夏季号
「スメラミシング」……「文藝」二〇二二年夏季号
「神についての方程式」……「文藝」二〇二二年冬季号
「啓蒙の光が、すべての幻を祓う日まで」……「文藝」二〇二四年夏季号
「ちょっとした奇跡」……「小説現代」二〇二一年二月号

小川哲（おがわ・さとし）
1986年、千葉県生まれ。東京大学大学院総合文化研究科博士課程退学。2015年、「ユートロニカのこちら側」でハヤカワSFコンテスト大賞を受賞しデビュー。2017年刊行の『ゲームの王国』で山本周五郎賞、日本SF大賞を受賞。2022年刊行の『地図と拳』で山田風太郎賞、直木三十五賞を受賞。同年刊行の『君のクイズ』が日本推理作家協会賞長編および連作短編集部門受賞。

スメラミシング

２０２４年10月20日　初版印刷
２０２４年10月30日　初版発行

著　者　小川哲
装　画　jyari
装　丁　川名潤
発行者　小野寺優
発行所　株式会社河出書房新社
〒１６２－８５４４　東京都新宿区東五軒町２－13
電話０３－３４０４－１２０１（営業）０３－３４０４－８６１１（編集）
https://www.kawade.co.jp/
組　版　株式会社キャップス
印　刷　光栄印刷株式会社
製　本　小泉製本株式会社

Printed in Japan　ISBN978-4-309-03218-4